アバーネティ家のパセリ

シャーロック・ホームズ
〜語られざる事件〜

Ah 著

幻冬舎 MC

アバーネティ家のパセリ

シャーロック・ホームズ～語られざる事件～

「きみも覚えているだろう、ワトスン？　アバーネティ家の恐ろしい事件にぼくがはじめて気がついたのは、暑い日にパセリがバターの中へ沈んだその深さのおかげだったのだ」

――『シャーロック・ホームズの生還』～六つのナポレオン胸像～より

アバーネティ家のパセリ

それは七月中旬の気持ちよく晴れた昼過ぎのことであった。朝方のどんよりとした空模様からやっと雲が晴れ、薄く日光も窓から差し込んでいて、私たちはそれぞれお気に入りの椅子に埋もれ、私は最新の小説本を、シャーロック・ホームズは彼の猟場である新聞の三行広告欄に熱心に目を通していた。

やがて調べを終えたホームズがうず高く積もった新聞の山を横に押しのけ、新しい煙草を詰めなおそうと身体を起こしたとき、誰かの訪問を告げる呼び鈴が鳴った。

紫の煙が立ち込めるベーカー街の私たちのささやかな住まいを訪ねてきたのは、ロンドン警視庁のレストレイド警部だった。彼が半年に一度ほどぶらりとやってくるのは、とりたてて珍しいことではない。彼が今手がけている様々な事件の最新情報を私たちに教えてくれ、かわりにホームズからは適切な助言を与えるという良好な関係が出来あがっていたからである。

ただ、いつもと違ったのは、レストレイドが気まずそうに戸口に立ったまま、部屋の中に入ろうとしないことだった。椅子から伸び上がって見てみると、後ろに誰か従っている。その肩ごしに女性ものの帽子の先がちらりと見えた。

「わたしの手に負えない一件はいつでも持ち込んで良いとのお話でしたな」複雑な表情でレストレイドが切りだした。

「もちろん。なにか面白い事件？」ホームズは身体を起こして、目をきらめかせた。

「それはどうですか。ただホームズ氏を紹介してほしいという方がおりましてね」彼はいくぶん苦い顔をしてみせた。

ホームズはおかしそうに頬をゆるめると、「ほう。レストレイド。かなりせっつかれたね。いや、きみのズボンの内腿あたりにこぼれている煙草の灰を見ればわかるのだ。その飛び散りかたでは、ずいぶん馬車の中で肩を揺さぶられたようだ」

「ま、とにかく、荷はお渡しいたします。たぶん今まで手がけられた中でも厄介な部類に入るでしょうが――」

そこまで話したときにこらえきれなくなったとみえて、レストレイドを脇に押し退ける勢いで、戸口に控えていた人物がパッと室内に飛び込んできた。襟元に刺繍がほどこされた上品な薄い紫のドレスに、アイボリーの鍔広の帽子をかぶっている。まだハタチそこそこの若さの目鼻立ちのはっきりした女性で、ブロンドのつややかな髪と澄んだ青い瞳が印象的だったが、細い眉は寄せられ、血の気のない唇はわなわなと震えているところから、深い心配事に悩まされていることが見て取れた。

「ホームズさんはどちらですか」

息せき切って食い入るように私たち二人を見比べていたが、ホームズが軽くうなずいたのを見て、両手を差し出しほっと歓喜の表情を浮かべた。

「どうぞ。おすわりください」

放っておくと依頼人はホームズにしがみつきそうに見えたが、彼はそつなく椅子を勧めた。

依頼人とレストレイドが椅子におさまると、ホームズは例の細心でしかも放心したような独特の態度で彼女を観察し始めた。

「あ、あの。わたしはジェイン・アバーネティと申します。警部にこちらを紹介されまして。ロンドンいち。いえ、イギリスいちの探偵とお聞きしました」

「今までいろいろ数多く手がけましたから、そう言う人もいるでしょうね」ホームズはお世辞を軽く受け流した。「それはそうと、朝早くにコッツウォルズ地方から出てこられたのに、ロンドン警視庁ではずいぶん待ちぼうけを食わされたようですね。レストレイド警部が重い腰をあげるのがやっと昼前では、ずいぶんヤキモキされたでしょう」

「そうなんですわ。コッツウォルズから朝一番の汽車でやってきましたの。土地のマーベル警部の紹介もありましたのに、レストレイド警部はなかなか捜査開始にうんと言ってくださらないのでわたしじれてしまって――あら、でも、ホームズさん、どうしてそんなことがおわかりになるのでしょう？」

美人ではあるが猪突猛進型らしい若い婦人のぽかんとした顔をながめて、ホームズは椅子の背に身体を深く預け、にっこりとした。

「あなたのブーツの上のほうまで乾いた泥が付いています。蜂蜜色の土が混ざった独特の色合いはイギリス西部の田園地帯の特徴です。ゆうべはひどい雨降りでしたからまだ道の泥が乾かない早朝に家を出られたことがわかりますし、戸口にはあなたの傘が立てかけてありますが、それはまだ今日が晴れるか降るかわからなかったからに違いありません。対してレストレイドは雨具の用意は一切ありません。ですから晴れ渡った天気を確認できる昼ごろになってから外へ出たことは明白です」

娘はブルーの大きな目を見開いて、感動した様子で身震いをした。

「おお、ホームズさん。あなたこそわたしを救けてくださされる唯一の方ですわ。他に何かわかりまして?」

「そうですね。もうあまり付け加えることはなさそうです」ホームズは両手の指先を突き合わせた。「以前は裕福な暮らしをされていたが、今はそれほどではない。それに――ほう、珍しい。ギターをお弾きですね。イギリスではもう半世紀ほど前に廃れたかと思っていましたよ」ホームズは私のほうを見ながらいった。「ほら、ワトソン。左手の指の親指を除く四本だけが、平べったくタコのようになっているだろう。細い弦の痕も残っている。これは弦楽器を弾く人に見られる特徴だが、バイオリンだとああはならない。ギターは細い絹糸やガット弦を使うから、特別指先に強い負担がかかるのだ」

「裕福だったが今はそうじゃないというのは?」私はたずねた。

「洋服はフラシ天の生地の上等なものだ。だが帽子とブーツは最近の流行のものではあるがさして高価なものではない。ドレスの襟元のデザインは多少古風であるところから、こちらは昔の品だと判断できる。したがって前は豊かであったが、今は普通並みの暮らしだという推理ができるのだ」

「ええ、そのとおりですわ」興奮で頬を赤くした依頼人が大きくうなずいた。

「洋服は母のですの。体格はほぼ同じなのですが、足と頭のサイズは少し違ってますから、こちらは新しく買ったものなのです。身体に合わない靴を履くのは苦痛ですし、頭に合わない帽子ほどみっともないものはありません。そうなのです、ホームズさん。父が生きていましたときには万事上手くいっていました。父が八年前に亡くなってからは暮らし向きも楽ではなくなって。でもアーサーがいてくれたので、わたしは幸せでした。わたしはいずれは彼と一緒になるつもりでした。おお、神様! 彼がまさか、あんなことになるなんて! ギターは父が昔教えてくれたのです。悲しみに包まれたときは、音楽はなにより心を慰めてくれますわ」

「よくわかります。ぼくも音楽をやりますから。では相談なさりたいことをなんなりとお話しください」

ホームズは深々と肘掛け椅子にうずまって、私にだけはよくわかる、例の鋭敏で熱心な本性を包み隠す、気だるそうな態度で依頼人が話しだすのを待った。

「わたしはコッツウォルズの端のチェルトナムの近くに住んでいます。近くといってもかなり離れていて、ずいぶんオックスフォード寄りになりますけど。大変美しい田園地帯ですわ。家は代々大きな敷地を持って裕福に暮らしておりました。おとなしい田舎郷士が続いた先祖と違って、父はやり手というのか積極的な性格でした。生まれつき目端がきいたのですわ。いろいろと事業に乗り出し、海外にもたびたび出かけていました。新参の実業家につきものの手痛い失敗というものにも縁がなく、波はあったようですがおおむね成功していたのです。屋敷には父が旅先で集めてきた蒐集品が数多くありますの。仕事もそうですが、父は人真似が大嫌いで、いつも世間の評価より、自分の目を信用していました。ですから、父が買い集めてきた品々は風変わりなものが多く、母はガラクタばかりと眉をひそめていましたが、わたしは気に入っていました。今朝出かける前に弾いてきたギターも、そうやって父が買い求めてきたものなのです。

ところが父が急死してしまって、わたしと母は途方に暮れてしまいました。父はぬかりのない綿密な計画を立て、着実に実行することによって事業を大きく育て上げ見事に成功していたのですが、舵を取る者がいなくなってはどうしようもありません。父の手がけていた事業はすべて空中分解してしまいました。あとに残ったのは借金です。調べてみると土地の一部と屋敷もすでに半分ほどが銀行の抵当に入っていることがわかりました。父は生前羽振りが良かったときに、自分がいなくなっても楽に暮らせるだけの用意はしてあるから安心しろ、と母に語っていたらしいのですが、お金も債権もどこにもない、と母は泣くのです。ちゃんと準備するには時間が足りなかったのですわ。父もまさか四十そこその若さで、それまで風邪ひとつひかなかった頑健な自分が、急病であっけなくこの世を去るとは思ってもいなかったのでしょう。事業資金を一部取り崩して、財産として蓄えてくれていればよかったのですが、でもわたしはそのことで父を恨んだりはしていません。

おわかりでしょうが、ホームズさん、残された母とわたしは突然の不幸に手を取り合って悲しんだのですが、いつまでもそうしてはいられません。なんとか暮らしを立てていく算段をしなければなりませんでした。旧家ですので母屋の他に、あまり使っていない離れがひと棟あるのです。そこを下宿にして学生に貸し出せばいいじゃないかと言う人がいて、わたしたちもこれといって良い考えも浮かばないままにその勧めに従ったのです。学生街であるオックスフォードからは少し離れているし、近所に下宿をしているところもなかったので、はたして応募してくる学生がいるかどうか危ぶんだのですが、さっそく何人かの下宿生で埋まりました。学生街からチェルトナムのはずれのわたしたちの土地までは、自転車でほんの一時間程度なので通えなくはないのです。化学の実験をするには、せせこましい街なかより郊外のほうが都合がいい、という学生もいたようです。それで銀行からの督促は長い付き合いで待ってもらい、利子だけは下宿料と敷地で取れる農作物を売った代金などで細々と返しているというのが現状です。

さて、やっとアーサーの話に入れますわ。アーサー・マクラッティは今お話しした下宿人の一人ですの。今年は下宿人が少なく、彼のほかにはヘンリー・エヴァンズという人がいるきりです。アーサーはわたしより一つ上の二十二歳で、化学専攻の大学に通っていました。すらりとしていて、茶色の髪を横に分けて、大きな薄茶色の目をしていました。わたしたちはお互いに好きあっていて、はっきりと口に出して約束をしたわけではありませんけれど、彼が卒業したら結婚する予定でした。ああ、あんなに活発で明るく元気だったアーサーが自ら命を絶ってしまうなんて。絶対に信じられません！」

依頼人は突然激しい感情に襲われたように、膝の上で握った両拳をプルプルと震わせ始めた。その柔かな頬に涙が伝うのを見て、私はあわててハンカチを差し出したが、彼女は強い自制心を発揮して背筋を伸ばすと、それを優しく押しやって無理に微笑んでみせた。

「ありがとうございます。もう平気です」

その様子を椅子にうずもれたまま温かい目つきで見守っていたホームズが、口をはさんだ。

「自殺をされたのですか？」

「みんながそういっています。警察もです。でもわたしは信じてません」

「詳しい状況を教えてください」
「はい。昨日の夕方でした。食事の用意が出来たので呼びにいくと、ドアが開きません。いつもなら時間には母屋の食堂に来ることになっています。ノックをして大声で叫んでも返答がありません。女中のアガサによれば午後にアーサーが部屋に戻っていくのを見たとの話でした。ドアを押したり引いたりしてみると、内鍵がかかっているのがわかりました。これはどの部屋にも付いているのですが、ふだんからかけているのはアーサーくらいのものでした。これには理由があって、アーサーがまだほんの幼い頃に両親に連れられてインドで育ったからなのですわ。物騒な土地に長らく住んでいたために培われた習慣だよ、とよく笑っていましたが、本当に癖になっているようで、部屋に入るといつでも必ず閂をかけるのです。

そのときは疲れて眠っているのかと思い、放っておいて先に食事を済ませたのですが、次第になんだか嫌な胸騒ぎがしてまいりました。アーサーの部屋にいろんな実験器具があるのです。部屋に入ると異臭がしたことも再三ありました。虫の知らせとはこういうことをいうのでしょうか。実験の有毒ガスでも吸って気分が悪くなり倒れてしまっているのではないかと、食事が終わって夜になると心配で居ても立ってもいられなくなったのです。

ちょうどもう一人の下宿人のエヴァンズさんは旅行で不在でした。ですので男手がなく、女中のアガサに付き添ってもらって、もう一度彼の部屋の外に立ちました。またノックしたり大声を出したりしていると、夜の見回りをしていた母も何事かとやって来ました。鍵を回してみましたけど、もちろん内側から閂がかかっていて扉は開きません。朝まで待とうと母はいうのでしたが、わたしはアガサに体当たりでドアを開けてもらうよう頼みました。彼女は昔から仕えている忠実な女中で、体格がよく力が人一倍あるのです。

ああ！　何度目かの体当たりでドアが開いて、部屋に入って見た光景を一生忘れることがあるでしょうか！　アーサーが暖炉の前の敷き布の上にクッションに座ったまま崩れるように倒れこんでいたのです。身体を不自然に歪めて、明らかに事切れているその表情にはまざまざと苦悶の色が浮かんでいました。わたしはあわてて駆け寄り肩を揺さぶりましたが、可哀想なアーサーにはもうなんの反応もありませんでした」

またこらえがたい感情がよみがってきたと見えて、私たちの客は小さく嗚咽をあげ始めた。

「ちょっとお聞きしますが」ホームズが励ますように、優しい口調で声をかけた。「部屋には他に誰もいませんでしたか。隠れているような形跡はなかったのですか？」

彼女は涙に濡れた大きな青い瞳を見開いて答えた。「部屋には隠れる場所などありませんし、戸口にはアガサも母もいました。ですから、もし誰かが潜んでいたのなら、絶対に見逃すはずはありません」

「ありがとう。これは非常に重要な点ですから、はっきりしておかなければならないのです」ホームズがいった。「それからどうしました？」

「母たちに警察に連絡をしてもらって、わたしはアーサーの側に付きっきりでした。あの意志に満ちた力強い薄茶色の瞳が、どれほど呼びかけても揺すっても開かないことに、わたしは気の遠くなる思いでした。しばらくして土地の巡査がやって来るまで、わたしも魂が抜けてしまったように、ただ呆然とアーサーの亡骸にすがっていたのです」

「なるほど」ホームズは眉間に皺を寄せて、鋭い集中力を見せて考えこんでいた。口にした愛用の陶器のパイプからは、プラットホームを出る蒸気機関車のように、勢いよく青い煙が規則的に噴きだされている。

「それでぼくにどうしてほしいと仰るのですか？」

「真実を教えていただきたいのです。ああ、真実です！」

彼女はその言葉と同時に飛鳥のように椅子を飛び出し、合わせた両手を胸の前で握りしめ、ホームズのすわっている前にひざまずいた。そしてあふれでる涙を拭おうともせず、愛らしい頬を赤らめ、繊細な口元を震わせて、思いつめた眼差しで一心にホームズの顔を仰ぎ見た。

その思いつめた健気な姿は、幾多の劇的な場面をこの部屋で目撃し、少々のことには慣れっこになっていた私の胸にも強く迫るものがあった。いかなる朴念仁もこのうら若い女性のひたむきな哀訴には、心を動かさずにはいられなかったであろう。

しかしホームズの鷲のように厳しく引き締まった顔には、見たところなんの表情も浮かばなかった。食い入るように彼を見つめている娘を、物憂い手振りで立たせると、元の椅子に腰掛けるように指し示した。

「ところで死因はなんだというのですか」娘が落ち着いた頃合いを見計らって、ホームズが再びたずねた。

「青酸カリですよ」それまでずっと黙っていたレストレイドが、横から口をはさんだ。

「地元の警察には問い合わせてあらましがわかっています。死亡したのは昨日の昼から夕方の間。きわめて単純な事件、いや、事故といったところでしょう」

「ほう」ホームズがレストレイドに向き直った。「きみは自殺説に同意というわけだね？」

「明白ですよ。じつのところここへも案内はしたくなかったのですが、やいのやいの言われましてな。まあ、あんたがはっきり自殺だと結論を下してくれないと、いつまでも諦めてくれそうにないので、お連れしたってわけです」いささかうんざりした表情でレストレイドがいった。

「ドアの状態や内鍵の状態はわかっているんだね？」

「そいつは地元のマーベル警部が丁寧に調べています。扉は木製のがっしりした頑丈なもので、内鍵は中から閂をかける仕様で鉄製のこれまたしっかりしたものだったらしいです」

「どうやって外れたのか？」

「体当たりで留め金のネジが抜けたんだそうですよ。とても堅固な造りだったので、現地の警部も女でこれを壊せるとはと驚いていました」

「部屋にほかに侵入口は？」

「ありません。その扉だけです。部屋は二階でして、窓がひとつあるんですが、普通よりかなり高いので、とても登れっこありませんな」

「ううむ」ホームズはひと声うなって、立て続けにパイプの煙を吐き出した。「現状では自殺以外に考えられないということか。なるほど。しかしアバーネティさん、亡くなった彼が自殺ではないと、どうして言い切れるのですか？」

依頼人は手を握り締め、祈るような面持ちでホームズとレストレイドの会話を聞いていたが、こう問いかけられて、はっと美しい相貌にまた強い気迫をみなぎらせた。

「それは、性質からですわ。アーサーが自殺するなんてありえません。いつも明るく希望を持っていました。大学での成績も良く、研究している学問も今後の産業の発展に直接結びつく分野でしたので、将来も約束されていました。この秋には鉱山系の会社に就職も決まっていたんです。それにわたしという恋人もいたんですから、世をはかなむ理由なんてひとつだってありはしませんわ」

「そうですか」ホームズは軽くうなずいた。「事故ということはお考えになりませんか？」

「アーサーは慎重な性格で、いつも薬品の扱いにはとりわけ気をつけていましたから、毒薬を不注意に飲んでしまうなんて考えられません。きっと誰かが仕組んだのですわ。なにか、なにかとても邪悪な方法で……」そしてまた激情に襲われたらしく、長いまつ毛をふせて唇をかみしめて、全身をぶるぶると震わせ始めた。

それを見て、レストレイドがそわそわしながらいった。「さあ、ホームズさん。状況はお話ししたとおりです。どこから見たって他殺であるわけがない。早くこの娘さんに、残念ながら恋仲の彼は自ら命を絶ったんだ、って説明してやってくれませんかね。でないと、いつまでも解放されそうにはない」

よほど警視庁で彼女にせっつかれたのがこたえているのか、百戦錬磨の敏腕警部が首をすくめて拝むようにホームズに訴えているのが、不謹慎ではあるがはたで見ている私にはおかしかった。

「どうもなにか心に引っかかることがおありのようですね」ホームズは優しい目つきをすると、レストレイドではなく依頼人にいった。

「はい……」娘は首をうなだれたまま、小さくうなずいた。「じつは二日前にアーサーと喧嘩をいたしました。いえ、深刻なものではありません。いつもの軽い言い争いです。ところが、それをみんなは自殺の原因だろうというのです。そんなことはないのはわたしがよく知っています。でも最後に口をきいたのが、お互いへの思いやりのない言葉のぶつけ合いになってしまって。今となってはそれがとても悔やまれるのです」

「まる一日以上、口をきかなかったというお話でしたな」レストレイドが割って入って、意地悪そうに依頼人の顔を見た。「恋は思案のそとといいましてな。まあ、なんにせよ、若いうちはちょっとした恋愛のひび割れも、この世の終わりに思えるものですよ。どうです、ホームズさん。これ以上明白な案件がありますか?」

「ときにレストレイド、いま何かこみいった事件を扱っているの?」ホームズが気軽な調子でいう。

「いや、別に」不意をつかれ、きょとんとした様子でレストレイドが答えた。

「ぼくのほうもそうだ」ホームズはにっこりした。「現場を見ないうちに結論をくだすのは、捜査を行ううえで厳に戒めなければならないことの一つだよ。すこしばかりロンドンの黄色い霧を離れて、郊外のおいしい空気を吸ってみるのも悪くないさ」


それから十五分ののちには、私とホームズは辻馬車を拾い、パディントン駅へ向けてひた走っていた。レストレイドとアバーネティ嬢はすでに別の馬車で出発していた。

車中でホームズは機嫌よく私に話しかけてきた。「ワトスン。どうなんだろう。医者としてのきみの意見をぜひ聞きたいが、それまでごく普通に暮らしていた人間が、急に世をはかなんで自ら命を絶ってしまうということは起こりうるのだろうか。死を選ぶ理由など特別見あたらない場合に？」

「ホームズ。そんなことはないと言いたいところだが、実際にはよくあるようなんだ。ある貴婦人など、それまでパーティでみんなと一緒に笑いさざめいていたというのに、じゃあ私はこれで失礼します、と気取った一礼をして高い窓から飛び降りてしまったくらいだよ。自殺者の心理というのは計りしれないね」

「ふむ。なるほどな」私の友は考え深げな顔になった。

「きみにはあれが自殺ではないという確固たる見込みがあるんだね」私はたずねた。

「いや。そんなものはない」

「ではどうしてチェルトナムまで出向く気になったんだい？」

「現場を見なければ何も始まりはしないさ。それにあの娘さんは誰かが送り届けない限り、梃子でもロンドンを離れないだろう。さらには良い空気を吸ったほうがいいっていうのは、常々きみがぼくにいうことじゃないか」

「うん。じつをいうと『悪魔の足』事件のおかげで、せっかくのコーンウォルでの静養が台無しになってしまったから、きみの健康が気がかりなんだ」

ホームズはこの年の春にムア・エイガ博士から、すべての事件を放り出し完全に休養をとらなければ永久に仕事ができなくなる、と半ば脅迫めいた勧告を受け、私たちはコーンウォル半島のポルデュ湾近くに転地保養を行なったのだった。そこはさながら現世から隔絶されたような陰鬱でもの寂しい独特の雰囲気を持っており、ホームズも血なまぐさい犯罪のことは忘れて言語学の研究に没頭しようとしていたのだが、その矢先にあの忌まわしい事件が飛び込んできたのであった。

汽車に乗って最寄の駅に着くや、私たちは再び馬車に乗って、アバーネティ家の屋敷に向かった。もう陽は傾き始めていたが、その丘陵地帯の景色の美しさは格別で、初夏の広々とした緑の大地に黒々とした森や林が点在し、その間を縫って走る川や湖が陽の光を受けて水面をきらきらと輝かせていた。ときおり見える三角屋根の建造物はこの地方で採れる黄色みを帯びたライムストーンを積み上げてできており、非常に特徴的な景観を形づくっていた。窓の外の流れるように続く風光明媚な景色に見とれているうちに、やがて馬車は目的地に到着した。

ホームズはすぐに現場が見たいと言いだし、レストレイドも賛成した。旧家というだけあって、アバーネティ家の屋敷は堂々たるもので、広大な敷地の中央に塔を備えた苔むした石造りの立派な母屋があり、その右隣に問題の下宿人用にあてているひと棟が建っていた。日光を浴びながらときおりバッタが跳ね飛ぶ草むらを踏み分けて進むと、その石造りの重々しい建物の前にひとりの男が立って我々を待っていた。中年の実直そうな男だったが、その彼が地元警察のマーベル警部なのだった。ホームズと私が挨拶すると、さすがにホームズの名声はイギリス中の警察に鳴り響いているとみえて、大げさな感動の素振りはなかったものの見る見る物腰は丁寧になった。

我々は二階に上がると、さっそく死体の見つかった部屋に急いだ。戸口には巡査が守っていて、マーベル警部が異常はないかと確認すると、ありません、と答える。

「扉の隙間を確認するのに、何度か内鍵をこじ開けてみたんだって？」ホームズがマーベル警部に問いかけた。

「いえ。それは別の部屋のでやりました」しゃちほこばってマーベル警部が答える。

「現場のものはいじっておりません」

「そいつは賢明だ。きみには優秀な刑事としての素質がある」

ホームズはポケットから例の強力な拡大鏡を取り出し、まず最初に入り口の厚みのある扉を、彼独特の方法で慎重に調べ始めた。ドアの端を上から下まで調査したのち、何度も開け閉めをして、扉と枠との隙間の具合を確認した。さらに部屋の中から内鍵の閂の状態を調べ、抜け落ちたネジとネジ穴を根気よく点検した。

「細工の跡はまったく見あたらない」やがて彼は腰を伸ばして結論づけた。「誰かが出ていったあとに針金かなにかで内鍵をかけたという可能性は無視していい。隙間は狭すぎるし、ナイフなどで引っかいたような痕跡も一切ない。よし、今度は部屋の中を見てみよう」

ホームズは真っ先に死体のそばに駆け寄ると、傍らに立ってまずざっと全体をながめまわした。死んだ男は淡い色のズボンに薄手のシャツという軽装で、大きなインド風の柔らかなクッションの上に、座った姿勢から急に崩れ落ちたような倒れ方をしていた。死に顔はひきつり苦悶の表情を浮かべてはいるものの、野性味あふれた彫りの深い顔立ちの美男子で、アバーネティ嬢が心を寄せるのも無理ないことと思わせた。ホームズは腕を取ってみたり、足を触ってみたりしたあげく、最後に顔に鼻を寄せて口元の臭いをかいでみた。

「うん。たしかに青酸の臭いだ。だいぶ時間が経っているというのにまだ微かに臭う。死因は青酸中毒に間違いないだろう」

ホームズはすばやくあたりを見回して、死体のすぐ側に細長いガラスのコップが転がっているのに目をとめた。彼はコップを拾い上げると、また軽くその臭いをかいだ。

「これで水に溶かして飲んだんだな。ワトスン、死体の状況から見てどう思う？　即死だろうね？」

「青酸はきわめて毒性が強い。おそらく数秒ももたなかったろうな」

「うん。この男の倒れた姿勢からして明白なのだが、外で青酸を飲んでここに戻って事切れた可能性を、きみに医師の立場からもはっきり否定してほしかったんだ」

「そんなことは出来っこないとあらためて断言しよう」

「ありがとう。――マーベル君？」

「はい。ここにいます」戸口に立っていた地元の警部が返事をした。

「もう検死は済んだのかね？」

「いえ、まだです。明日の予定です」

「なるほど。死因が青酸中毒というのはきみの見立てかね？」

「それははっきりしています。昨日はもっと臭いが強かったですから」

「うん。そうに違いない。死体は動かしてないだろうね？」

「はい。ここの娘さんがロンドン警視庁まで捜査依頼にお出かけだということで、今まで動かさずにいたのです」

中年の警部はなにげない調子でいったが、アバーネティ嬢からのその要請がどんなに激烈なものだったかは容易に想像でき、私は思わず口元をゆるめた。

「その間、この部屋から目を離さなかったろうね？」私の友がきく。

「はい。わたしか警官かが必ず立ち会っているようにしました」

「けっこう。見事な仕事ぶりだ」ホームズは手をこすり合わせた。「しばらく部屋の捜査をするので、外で邪魔が入らないように見張っていてくれたまえ」

「わかりました」警部は几帳面に答え、廊下に去った。

「ふむ。ここは来たるべきロンドンのあるべき姿を具現しているな」

ホームズは細長い室内をぐるりと厳しい目で見渡してから、異様に高い天井を見上げてくすりと笑った。

「現在でも数平方マイルの土地に四百万市民がひしめき合って暮らしているのだ。人間がどんどん流入してくるのに土地は限られている。すると大都会は上へ伸びるしかない。見たまえ、ワトスン。さして広くない部屋だが天井が高いので普通の本棚を上にもうひとつ足したくらいの背高のっぽの本棚をしつらえている。これでぐっと収容能力が拡大しているわけだね」

言われて私は天井を見上げた。もとはなんのための部屋だったのかはわからないが、たしかに通常の住居ではありえないほど天井が高い。しかし住人はそれを奇貨として、部屋の並外れた高さを利用して、収納空間を二倍に広く活用しているのであった。多少大学街からは遠いものの、考えようによっては蔵書の多い学生や研究者には、下宿としてうってつけといえるのかもしれない。部屋の中はいかにも若い学生の住まいらしく、雑多な生活品がそこここに積み重なっており、お世辞にもきれいとはいえなかった。

ホームズは再び拡大レンズを取り出して、さっそく彼特有の徹底的な調査を開始した。集中力を高めた彼は、たちまち燃えるような顔つきになり、眉を寄せた鋭く突き刺すような眼差しで、なにものも見逃すまいと這いつくばって床に顔を寄せて進んでいく。

私は邪魔にならないように戸口の近くに避難して、もう一度悲劇の起きた室内をながめまわした。部屋の入り口近くに暖炉があって、それに向かい合って倒れている死体のすぐ横には、素朴なひょろ高い食器棚がしつらえてある。細長い両側の壁には本棚がぎっしり並べられており、奥に比較的大きい窓が光を取り込んでいて、寝台はその下にあった。

ホームズはときおり鋭い視線を上下左右に走らせながら、部屋の隅々まで周到かつ効率的に調査を進め、比較的短時間のうちに納得した様子で手の埃を払うと、戸口に集まっていた私たちを振り返った。

「青酸カリは実験器具の並べてある戸棚の奥のガラス瓶の中にあった。まだ少し残っている。ラベルも貼ってあったから間違って飲んだ可能性はまずない」そういうと、部屋の奥の窓に目をやって、私に声をかけた。「ワトスン。向こうの窓のあたりを調べてみたいんだ。手を貸してくれないか?」

古びた窓には四角い曇りガラスが入っていた。ホームズは寝台の上に乗って、もう一度高性能の拡大レンズで慎重に窓枠を調べたあと、その上の空気抜きを指さした。

「あれだ。あそこが届かない。すまないがワトスン、肩を貸してくれたまえ」

私がベッドの上に乗ると、ホームズが私の肩の上によじ登ってきた。彼は両脚で絶妙にバランスを取りながら、細長い身体を目いっぱいに伸ばして、上方の小さな空気抜きの穴を精査している様子だった。やがて肩から重みが消え、ホームズが滑り降りてしまうと、私は肩を手で払いながらたずねた。

「どうだった？」

「おかげでちゃんと調べることができた。侵入口としては論外だな。小さすぎるし金網までかかっている」

「窓のほうはどうなんだろう？」

「窓枠の様子を見るとほとんど開けたことがないようだ。中からかんぬきがしっかりかかっている。どっちにしろかなり地上から高いはずだから、窓が開いていたとしても入るのは非常に困難だろう」

ホームズは錆付いたような内錠を苦労して外して、渾身の力を込めてきしむ窓を引き開けた。瞬間、田園地帯の澄んだ空気が勢いよく流れこんできて、あたりに無造作に積み上げてあった書籍や帳面の頁をぱらぱらとめくりあげた。ホームズは窓から首を突きだして、あたりの様子をうかがった。

「足場になりそうなものはなにもない。ずいぶん高いな。ふつうの建物の三階くらいはある。とにかく風が強いから窓は閉め切りにしてあったのだろう」ホームズはまた力を込めて窓をしめると、元どおりに閂をかけた。「内側から錠もかかっていたし、ここも除外してしまって大丈夫だ」

「そうすると、もう他に部屋に外部から入る経路はないということになるね」私はホームズの見立てがだんだん難しくなるのを案じていった。

「まあ、そうかもしれない。よし。今度はもう一度暖炉をよく調べてみよう」ホームズは暖炉の前にしゃがみ込むと呟いた。「ふむ。暖炉は大きいが、煙突はごく普通だ。とても人間が通れそうにないな。太い壷釘もしっかりはめ込んである。しかし念を入れて調べておかなきゃならない。ほら、ワトスン。ロイロット博士の例もあったことだし、生きた凶器を忍びこませることだって、まんざら考えられない話じゃない」

「でもそんなこと出来っこありませんわ」不安そうな面持ちで、戸口脇に控え、ずっと捜査を見守っていた依頼人が金髪の美しい髪を揺らしていった。「この部屋は棟の東端なので、この煙突は壁から突き出ているのです。窓と同じで何十フィートも高さがあって、取っ掛かりも何もありません。よじ登るなんて絶対に無理ですわ」

「そうですか。あとで外を回ったときについでに見てみることにしましょう」ホームズは簡単に受け流すと、「ところでこの暖炉はずっと使えるようにしてあったようですね?」そうつけくわえた。

「ええ。アーサーはとても寒がりでしたの。インド育ちでしたので、イギリスは夏でも寒い、とよくこぼしてました。二年ほど前の真夏にも急に冷え込んだ日がありまして、そのとき大風邪をひいてしまったのです。それでアーサーから一年中暖炉が使えるようにしてほしいという申し出があって、以来そうしているんです。幸い焚き木はこのあたりにいくらでもありますし」

「なるほど。よく手入れがされている」ホームズは呟きながら、なおも暖炉の中に厳しい目を配っていた。「ねえ、アバーネティさん。この部屋の隣は同じ下宿人用の部屋ですか?」

「はい、そうです。もっとも、いまは誰もいなくて空き室になっています」

「念のために聞きますが、この本棚の後ろに隣の部屋に通じる隠し扉があるなんてことはありませんね？」

ホームズの突拍子のない質問がおかしかったのか、緊張でずっと青ざめていた娘の柔らかな頬にポッと血の気が差し、少しだけ美貌がほころんだ。

「聞いたことがありません。どの部屋も廊下に向かって扉がひとつずつあるきりです」

「そうすると、本棚の厚みからいって人間がここにひそむこともできそうにないし、何者かが気づかれずに出入りするっていうのは、ますます不可能ってことになる。ときにこの屋敷は古いのでしょうね？」

「ええ。この棟は比較的新しく建てたものですけど、もう百五十年は経っています」

「最近、手直しをされたということはありませんか？」

「悪くなっている所も増えてきているんですが、このところお金の余裕がなく、大がかりな修繕はもう何年もやっていませんわ」

「わかりました。ぼくたちはもう少し現場を調べます。お疲れでしょうから、居間にさがってお休みください」

アバーネティ嬢はもっと捜査に立ち会いたい様子だったが、恋人の死の衝撃と早朝からの活動によってやはり強い疲労を覚えていたらしい。美しい目の周りにうっすら青黒い隈を浮かべた彼女は、ホームズの勧めに従い素直に廊下に消えていった。

依頼人がいなくなると、ホームズは私に快活に話しかけてきた。「ごらん、ワトスン。この部屋はダーウィンの適者生存の理論の格好の見本だよ」

そう言われて私はあらためて室内を見渡したが、若い学生の乱雑な散らかしぶりしか目につかなかった。食器棚には衣類や実験器具、メモの類いなどが無秩序に詰め込まれ、マントルピースの上も彫刻や花瓶などのちょっとした飾り物はいっさいなく、書籍やガラス器具や食器などが置きっぱなしになっていた。

「どういうことだい？　ぼくにはよく飲み込めないが？」私が首をひねると、

「ふふん。これこそ手当たり次第に部屋中にばらまかれた生活用品が、淘汰の末にあるべき場所に落ち着いた好例といえるだろう」ホームズはにやりとした。

「なんのことかわからない」

「たとえば、ここの食器棚の中に突っ込まれているこの本だが、死体のある場所から立っていても座っていてもお茶を飲みながらでも、すぐに手の届く特等席を占めている。してみると、この本が一番の愛読書ということだ。乱雑と混沌はちがう。一見無秩序にみえるが、実際には必要に応じてそれぞれ機能的に配置されてるってことだよ」

「なるほど」私は微笑んだ。「するとホームズ。石炭入れに葉巻をしまいこんだり、ペルシャ製のスリッパのつま先に煙草を入れておくことが機能的だってきみは言いたいんだね」

いつも捜査においてやり込められているお返しに、私はいくぶんかの皮肉を込めていった。この部屋の有機化学を専攻していたという哀れな住人のこの出鱈目な暮らしっぷりは、ホームズのだらしなさと一脈あい通ずるものが感じられたのである。

「そうさ、ワトスン」私の友は笑いながらいう。「化学をやる人間というのは皆こうなってしまうものかね。およそ考え付かない突飛な薬品の組み合わせで実験を続けているうちに、生活のほうもすっかり自堕落になってしまうらしい」ホームズは肩をすくめると、もう一度よく死体をながめまわした。「うん。倒れているこの場所が彼のお気に入りの場所だったことは疑う余地がない。このインド風の素敵なクッションにおさまったままで、彼は必要なものにすべて手を伸ばして取ることができたってわけだ。これなら本もノートも水差しもコップもパンでもなんでも手が届くからね。――おやっ、これはなんだ？」

ホームズが急に大きな声を上げたので、私は彼の手元を覗き込んだ。それは食器棚の横の四角い棚の上に乗せてあったバターを入れた四角い陶器だったが、彼は鷲のような顔面に著しい集中力をみなぎらせて、その中に半ば埋まった緑色の葉っぱを凝視しているのである。

「どうしたんだい？　パセリがそんなに珍しいのかい？」私はホームズの態度の急激な変化に、めんくらってたずねた。

「そう。単なるパセリだ」彼はしばらくしてから、やっとひとり言のようにいった。「バター箱のまわりにはパンの粉が散らばっていてナイフもあった。ふむ。どうやらここで簡単なサンドイッチを作ったらしいな」

ホームズはバター入れを手に持ったまま、なにやら深い考えに沈んだ。するとそこへそれまで廊下で地元のマーベル警部と話しこんでいたレストレイドが、ひとしきりの捜査が済んだようだと目星をつけてふらりと部屋へ入ってきた。

「どうです、ホームズさん？　外部から侵入した様子はないし、内側から全部鍵もかかっていた。現場を調べてあんたも気がすんだでしょう。これはもう自殺と断定すべきではないですか？　どうです？」

レストレイドのもったいぶった問いかけに、ホームズはすぐには答えずにじっと物思いにふけっていたが、次の瞬間の彼の行動はまことに意表外のものだった。それは日頃ホームズの奇矯なふるまいには慣れっこになっているはずの私でさえ唖然としてしまったくらいである。なんとホームズは指先でバターをすくってペロリと舐めてみせたのだ。

「レストレイド。それは今のところこのバターの味わいにかかっていると言っていいだろう。とくに塩加減にね」

レストレイドは目を白黒させて、ぽかんと突っ立っていた。ホームズはそれを無視して、けろりとして続けた。

「うん。濃厚で絶妙な風味だ。塩加減も申し分ない。ねえ、ワトスン。ぼくは今まで食事というものをいささか軽んじすぎたと思っているんだ。わずか二ペンスか三ペンス上乗せするだけで、こういう上等なバターが手に入るんだから、けちけちすべきじゃないね。そうだ。身のまわりに良いものをそろえるにはお金だけじゃ駄目だ。ひとつ下へ行ってどこから仕入れるのか聞いてこよう。生活を向上させるのに労を惜しむべきじゃない」

ホームズはレストレイドの横をすり抜けて、あわただしく部屋を出ていった。残されたレストレイドと私は顔を見合わせた。

「どうも、ワトスン先生。こう申し上げてはなんですが、いつにも増して今日のホームズさんはおかしくないですか？　いくら自分の見込みと違っていたからといってあんな言い草はない」さすがに彼は憮然としている。

私はちらとレストレイドの顔を見た。歳月が彼の痩せたイタチのような風貌を年相応に太らせ、がっしりした体躯と豊かな頬はブルドックを思わせるほどになっていたが、よく動く黒い目は昔どおりに利発に輝いていた。

「ところでこの春の『コーンウォルの戦慄』事件を解決されたのはホームズさんだったとか？」レストレイドは声をひそめていった。

のちに『悪魔の足』の題で私が発表することになるコーンウォルの事件そのものは、ロンドンの新聞にもかしましく書き立てられていたのだが、結末についてはホームズも私もまだ明らかにするつもりはなかった。それは公にするには適切な配慮やしかるべき時の流れを待つしかない一連のデリケートな事件群に分類されていたのである。そのためなんと返答しようかと言葉を探したのであったが、レストレイドが問題にしようとしていたのはホームズが探り当てた真相についてではなかった。

「コーンウォルにおられたのは転地療養のためだったらしいですね？」

「ええ、まあ。ムア・エイガ博士に強く勧められたのでね」私はむっつりと答えた。

「働きすぎですな？」

「働きすぎです。本人にやっとそう認めさせ、コーンウォルにわざわざ移ったのですが、あの始末です」

「結局コーンウォルには何か月？」

「滞在したのは、ほんの半月あまりです」

「それでは療養には足りませんな？」

「ぜんぜん足りません」

私が思わず強くいうと、レストレイドはにやりとしていった。

「昔から人のいうことなど聞く人じゃありませんからなあ。しかしワトスン先生の診断ではどうなのです。もうすっかり回復しているのですか?」

私はちょっと口ごもった。ホームズの弱みになるようなことは、たとえ長年のなじみであるレストレイド相手でも私の口からはいいたくなかった。ホームズは良くなっているようには見えたが、以前の頑健無比の身体に戻っているかどうかは確信がもてなかった。もっとはっきりいえば、転地保養を切り上げるのが早すぎたと私は後悔しており、コーンウォルでの事件を恨んでさえいた。

ホームズはロンドンに戻ってからも、何事もなかったように事件の依頼を受け捜査に飛び回っていたが、私は内心やきもきしていた。私は義務としてエイガ博士にコーンウォルへの転地保養と怪事件にまつわる顛末を報告に行ったのだが、いかにも期間が短すぎるという点で、私と完全に意見が一致した。博士からは、肉体的疲労というものを甘く見ると今度は精神的な異常という形でしっぺ返しを食らうこともある、と釘を刺されていたのである。だから機を見て、ホームズに再度転地保養を勧めてみようと狙っている矢先だった。

「もうふだんどおりに仕事をしてますよ」私は心の内を悟られないように、素知らぬ顔でそう答えた。「彼はご存知のとおり、常人以上に鍛えてますからね」

「大事にしていただかないと」レストレイドは意味深な言い方をした。「身体は丈夫でも自慢の頭脳のほうはどんなもんでしょうか？　このところ暑い日が続いてましたから」

そんな会話をしているところへホームズが意気揚々と引き返してきた。右手に四角い箱を戦利品のように持って、にこにこと掲げてみせた。「いや、運がいい。バターの買い置きがあって、同じバターをわけてもらったよ。ついでにパセリもね」上着の胸ポケットから緑の葉をちらと覗かせてみせる。

レストレイドはご機嫌な様子のホームズを見て、一瞬苦い顔をしたが、すぐに笑顔をつくっていった。「この部屋の捜査はお済みということでいいですか？」

「うん。もう見るべきものは、全部見てしまったようだ。レストレイド、死体は仮置場のほうへ収容してよろしいよ。ところでマーベル君、ポケットの中に何もなかったが、所持品はなかったのかね？　なに、検死に備えて別にしてある？　小銭と紙屑のたぐいだけだったって？　なら問題はなさそうだが、あとで仮置場へ運ぶ前にちらっと見せてもらおう。ただし、死体は移してしまっても、警官は引き続きここに残して、この部屋へ誰も立ち入らないように手配を頼みます。行こう、ワトスン。今度は外を調べよう」

すでに陽は西に大きく傾き、丘陵から続く田園地帯を金色に染めていた。ところどころラベンダー畑の鮮やかな紫が映え、彼方には川や泉の水面が青く光っている。遠く離れてまばらに赤や茶色の三角屋根の人家があり、地平には黒い森林の稜線がにじんで、薄い灰色の雲と溶け合うようにせめぎあっていた。ヒースを揺らしながら私たちの頰に届くそよ風も、日中と違い涼やかで心地がよかった。

ホームズは大またでずんずん歩いてゆき、棟の裏手に回ってきた。「ほら、ワトスン。ここがあの部屋の下になるわけだ。窓までたっぷり三十フィートはあるな。さっき見たとおり窓はひとつだけで内側から鍵がかかっていたから、外部から侵入できたとは思えないが、念のため調べておこう」

「古い石造りの壁には取っ掛かりは何もないようだね」私はしばらく離れの外観を観察してからいった。

「うん。登るにははしごを立てかけるしかないわけだが、痕跡はどうかな。ちょうど真下には花壇がある。これは好都合だ。昨夜の雨で固い土なら跡が流されたかもしれないけど、こんなやわらかい土ならはしごのような重い物のくぼみは消えっこないさ」いいながらホームズは花壇に分け入って、地面を詳しく調べ始めた。「窓は南向きで日当り良好。なかなか快適な部屋をあてがわれていたんだね。花たちも日の光を存分に浴びてよく育っている。これは薔薇かね、ワトスン？」

「薔薇とゼラニウムだろう」

「折れたり曲がったりしたものはひとつもないようだ。誰かがなにかをしたような跡はない。ここはこれでよしと。あとは壁の長さを見ておく必要がある。ほら、例のノーウッドの建築業者の件でかかわったような一風変わった家屋もあるからね」

ホームズは壁に沿って何度も歩いてみて、歩幅を使ってしきりに測量をし、手帳になにやら計算を書き付けていた。それから今度は東側の壁も同じ要領で計ってみて、壁に突き出した煙突を見上げた。「うむ。どう考えても外から侵入するのは不可能だ」ホームズは屈んでいたときについた膝の土を手で払ってからパイプをくわえた。そして火をつけるとそれからは微動だにせず、一個の彫像のように立ちすくんだ。鷲のような鋭い顔つきで口からパイプを突き出し、黙りこくってなにやら思案しているきびしい彼の横顔を、西日がただ赤く染めあげている。

「ねえ、ホームズ」私は遠慮がちにいった。「これはどう見ても自殺としか判断できないんじゃないか。あの気の毒な娘さんにはぼくも大いに同情するけれど、扉も窓もしっかり内側から鍵がかかっていたんじゃ、誰かが入ってきて毒殺なんかしようがないよ」

「たしかにそうだ、ワトスン。発作的な自殺かもしれない。しかしまだぼくにはそうとは言いきれない」ホームズは大地と空が急速に光を失いつつある薄暮の中で、パイプの火種を蛍のように黄色く光らせ、ゆったりと紫の煙をくゆらせていた。「とりあえず母屋へ戻ろう。レストレイドがあの勝気な娘さんの相手をさせられて、冷や汗を流しているに違いない」

私たちは中庭を通って母屋へ急いだ。途中、手入れの行き届いていない生い茂った庭の草むらの中に、ごみを燃やす焚き火の跡があった。

「おや」ホームズは足をとめて、燃えかすの炭になった何本かの木の棒のようなものを興味深そうにつつき始めた。

「どうしたんだい？」

「いや、なに」ホームズは、にやにやしてみせた。「捜していた物を見つけたかもしれないんだよ。別に大したことじゃない。これも偶然なんだろう」それ以上説明せずに、ホームズは先に立ってすたすたと歩き出してしまった。

私たちが屋敷の中央にある母屋に着くとすぐさま居間に案内された。ここで私は初めて女中のアガサと出会ったのだが、彼女ならあの重厚な扉を体当たりで開けたとしてもさして驚くには当たらなかった。背はホームズと同じくらいあり、体格は私よりもひと回り大きくがっしりしていた。しかし巨躯の上には忠実そのものの顔がついており、太い眉に丸い鼻どんぐりまなこの素朴きわまる田舎女の相貌には誠実さがにじみ出ていた。

ホームズは彼女をひと目見るなりにっこりとして、まるで十年の知己のように親愛の情を示すのだった。

なにやら彼女とささやき合うと、初めて居間の中のほかの人物たちに目を向けた。苦りきったような顔をしたレストレイドが隅の椅子に腰掛け、せわしなく葉巻をふかしていた。われらが依頼人は気が気ではない様子で、蝋のような真っ白い顔色をしてホームズに捜査の結果を問いかけようとしていたが、自分の見解に否定的な意見を聞くのが恐ろしいらしく、両手を握り締めたまま唇を震わせてためらっていた。

もうひとり歳のいった女性がいたが、これは依頼人の母親らしかった。活発で積極的な娘とは対照的に、若き日の美しさの名残りはあるものの、痩せて深く皺の刻まれた顔や、どこかおどおどとした落ち窪んだ目の動きなどからは、暗く陰気な印象を受けずにはいられなかった。

「ホームズさん」アバーネティ嬢がふらふらと私たちのほうに歩み寄って腕をさしのべ、意を決したように呼びかけた。「どうでしたでしょう？　アーサーはやはり自殺でしょうか？」

「ぼくはまだ決めかねています」ホームズがそういったとたん、レストレイドが聞こえよがしの咳をした。

「まあ。やはりアーサーは自殺ではないのですね」彼女はパッと表情を輝かせた。

「そうは言っていません。断定はできないと考えているのです」

ホームズの返事に今度ははっきりと、レストレイドがごほんごほんと遮るような咳払いをした。

「それだけでもありがたいですわ。アーサーがいなくなって胸の奥にぽっかり穴が開いてしまいました。ああ、こちらが母のオードリーです。こちらホームズさんとご友人のワトスンさん。英国いちの名探偵でいらっしゃるのよ」

陰気な中年女性は娘に紹介されて、私たちに簡単な会釈を返したが、そのよそよそしい態度を見るとあまり歓迎されていないことがうかがわれた。母親は娘の耳元になにごとか二言三言ささやいてから、居間の奥に消えて行った。

「もう少しするとエヴァンズさんが帰ってくるそうですわ」私たちの依頼人は大して嬉しくなさそうな顔つきで告げた。

「エヴァンズさんとはもうひとりの下宿人ですね?」ホームズがたずねる。

「そうです。いまとなってはたったひとりの下宿人となりますわ。ヨークシャー州ハロゲイトに一週間の予定でおとといから観光旅行に出かけていたんですが、切り上げて戻ってくるんだそうです」

「ハロゲイトなら少し距離がありますね」

「ええ。昼前に母が滞在しているホテルに電報を打ったんです。一大事だからすぐに帰る、と即座に返事があって、ここにはあと一時間もしないうちに到着するようです」

シャーロック・ホームズの慧眼は、娘の顔色がふっと曇るのを見逃さなかった。「あまりエヴァンズさんをお好きではないようですね。よければぼくにすべて打ち明けてくれませんか?」

この問いに、いつも闊達な依頼人が珍しく返答にためらいの色を見せた。

「お嫌であれば無理にとは申しませんが」ホームズが人の心を解きほぐす、いつもの快活な調子でいった。

「おお、お話しします。お話ししますわ、ホームズさん」娘は美しい面貌に決意の色をみなぎらせて、それでもやはり言いにくいのか、目をそらせて唇をふるわせた。「じつは何年も前から求婚されていて、わたしははっきり断りたいのですけど、相手は母にうまく取り入っていて、なんのかのと言い寄ってくるんです。もうとっくに大学は出てしまっているのに未だに下宿人として居座り続けているのは、まだわたしに妙な気があるからに違いないのですわ。わたしが嫌っていることは知ってるはずですのに。二年前にアーサーが下宿に来てわたしと仲良くするようになってからは、表面上はそんな素振りは控えるようになっていましたが、アーサーのことを憎悪の視線で物陰から見つめていることがよくありました」

「エヴァンズさんはおいくつなんですか？」

「たしか三十三歳のはずです」

「仕事は何をしているんです？」

「近くのファーガソン商会に勤めています。鉱業関係の大きな会社の支店と言ってました。最近あたらしい金属精製の技術が開発されたとかで、すごく景気がいいんだと母に自慢話を繰り返しているんです」

「ほう。するとお母さんはエヴァンズさんのほうを、お気に入りということなんですね？」

「そうなんです」彼女は大きな目を伏せた。「母はエヴァンズさんとわたしが結婚することを望んでますの。なんといっても抱えた借金のことがあります。彼はそのことを銀行から聞き込んで知っていて、自分には安定した高い給料があって、将来もっと裕福になる予定だということを、抜け目なく母の耳に吹き込んでいるのです。そうしたずるい男なのですわ。でもアーサーもこの九月から有力な会社に勤めることが決まっていました。そうすれば対等です。エヴァンズさんと結婚などと母もうるさく言わなくなるはずでした。でもアーサーが死んでしまった今、これからどうなってしまうのでしょう。もうわかりませんわ」彼女は両手で顔を覆い、かぼそい肩を震わせ、豊かな金色の髪を波打たせて泣き始めた。「抵当に入った土地や屋敷が競売にかからず、銀行が利子の返済だけで待っていてくれるのは彼が口を利いてくれているおかげらしいんです。母はそれを恩義に感じているのですわ。ですからいずれはそれを盾に、わたしはいいようにされてしまうに違いありません」

この打ち明け話を聞いて、私はなんとも痛ましい思いでいっぱいになり、美しい女性の悲しみにうちひしがれる姿を気の毒に見つめていた。恋しい相手が死んでしまっただけでなく、嫌な相手との望まぬ結婚を強制されるかもしれないというのである。うら若い乙女の胸中の懊悩は如何ばかりであろう。

ホームズも同情を禁じえないような沈鬱な顔つきをしていたが、こういって慰めた。

「まあ、あまり悪く考えないことです。嫌な相手と無理やり結婚させられるほど、十九世紀のイギリスは文明から遠くはありますまい」

その言葉に娘は顔をあげ指で涙をぬぐった。そしてハンカチを探したが見つからず、私が差し出すより先に、洋服の袖口で濡れた目元を拭いて気丈にもにっこりと微笑んでみせた。

「ところでマクラッティさんとエヴァンズさんの仲はどうだったのです?」私の友がたずねた。

「悪くはありませんでした。なんといっても二人きりの下宿人でしたので、お互いの部屋を行き来したり、物の貸し借りなどもしていたようです」そう娘は答えたが、あまりエヴァンズのことを話題にはしたくなさそうで、「ホームズさん、こちらに父のコレクションを集めた蒐集室があるのです。よろしかったらご覧になってください」身をひるがえして、先に立って歩き出した。

案内されたのは、大きな広間だった。

壁には一面に様々な絵画が飾ってあるのだったが、伝統的な構図の肖像画というものが一枚も見あたらず、依頼人の母親がいみじくもガラクタと評したとおり、どれも私の目には素人が気ままに絵筆を走らせた放逸な作品群に見えた。傍らには僅かばかりの銃器のコレクションがあり、またその横にはシナの物らしい極彩色の壺などが無造作に並べられていた。他に彫刻の類いなどもあったが、どれも統一性がなく、手当たり次第に買い漁ってきたもののように思えた。この蒐集品に費やすお金のうちいくらかでもきちんと貯めておいてくれたら、残された家族はもっと楽な暮らしができたろうに、との感慨を私は持ったが、まさか本人もこれだけ早くに天からのお召しがあるとは予想もしていなかったのだろう。備えが十分でないのは、無理もないことだった。

アバーネティ嬢は楽器が集められている棚からひとつのギターを取り出して、心労にやつれた美しい顔を無理に微笑ませた。「ホームズさん。このギターがわたしの愛用のものですのよ。このギターを弾くと父がわたしに演奏を教えてくれた遠い日のことを思い出しますの。辛いときはいつもこのギターに慰められてきましたが、今ほどその助けがほしいときはありません」

傷心の娘が腰掛けに腰を下ろして、ボディの周りにきれいに装飾が施されたギターを抱えて爪弾き出すのを見ると、ホームズも壁に掛けてあった古ぼけていてところどころ修理の手が入っている粗末なバイオリンを手にした。二人の合奏が始まると、手近な椅子におさまった私の心は、たちまちその甘美な音楽世界の中にとらわれて行った。

ホームズが優秀な即興演奏家であることはよく承知していたが、その日の彼の演奏は今まで聴いた中でも出色の出来ばえだった。現在の心境がそうさせるのであろう気の毒な依頼人の奏でる物憂い哀切な調べに対して、ホームズは寄り添うような励ますような優しい音色で応じていたが、いつものベーカー街での陰鬱なメロディと違い、深く鳴り響く低音からハッとするような煌びやかな高音に駆け上がる変幻自在の旋律は、聴く者の魂をとろけさせ至福の境地へ導くに十分の力を持っていた。私はいつしかうっとりと無上の陶酔感に酔い、限りない幸福感に浸っていた。

「いや、すばらしい！」演奏が終わるやいなや、私は立ち上がって手を打ち鳴らし、思わず叫んでいた。

これまで数限りなく彼の名演は聴いたものだったが、それは彼が所有している名器ストラディバリウスのおかげもあると思っていたのだ。ところがどうだろう。壁から無造作に選んだおんぼろのバイオリンを苦もなく操り、これだけの神々しいまでの音色を奏でてしまうのだから、ホームズの卓越した演奏技術はまさに想像を絶するばかりだった。

「すごいじゃないか、ホームズ。安物のバイオリンでもこんなに見事な演奏ができるんだね」

心からの私の賛辞に、彼は片眉をちょっとあげて応じたが、バイオリンをもとの壁に戻すと、座ったままの依頼人に静かに話しかけた。

「とてもお上手でした。バッハのリュートの組曲をギター用にアレンジしたものですね。これできっと亡くなったマクラッティさんも安らかに天に昇られたでしょう」

「ホームズさん……」彼女はまた頬に涙を流していた。ホームズは何もいわずに、その肩にそっと手を乗せた。

「ところで、ワトスン」ややあってホームズがいった。「ぼくはロンドンに帰らなくちゃならないようだ」

「なんだって、ホームズ。ここの捜査は打ち切りかい?」私は驚いていった。

「せっかく上等のバターを手に入れたからね。ベーカー街でさわやかな朝日を浴びながら素敵な朝食をいただこうって寸法さ」

「まあ、ホームズさん」美しい依頼人も弾けるように立ち上がった。「お帰りになりますの? まだ真相を教えていただいていませんのに……」彼女は裏切られたとでもいうように青ざめた頬をし、世にも哀しげな目つきでホームズを見た。

「ご安心ください。明日にはまた戻ってきます。それにワトスン博士を置いてゆきますから心丈夫でしょう」

「おいおい、ホームズ」いきなり彼がそんなことを言いだしたので、私は思わず声をあげた。

「すまないがワトスン、ここに残ってくれたまえ。これは事件解決に必要なことなんだ」

「それが重要なのかい?」

「すごく重要だ」ホームズは真剣な顔つきで力をこめていった。

「わかった。きみの言うとおりにするよ。何をすればいい?」

「ありがとう。あの死体のあった部屋に一晩泊まり込んでほしいんだ。そして何があろうと一歩も外に出ちゃいけない。もしどうしても出なければならないときは、呼び鈴でアガサに見張りを頼んでくれ。それ以外は駄目だ。でも、できればずっときみがいてくれたほうがいいけどね」

「どうしてきみはぼくと一緒にここに残らないんだい?」

「それはこいつの誘惑に勝てないからさ」彼はそういって、バター入れが入っている胸ポケットの四角い膨らみを、軽くたたいてみせた。

私はまじまじとホームズの顔を見つめてしまった。重要事件の捜査中は、精力や神経を消化のために使うのは惜しい、といって、まったく食事をとらなくなることのある彼の言葉とも思えない。白状するが、そのとき私の脳裏を、ふとエイガ博士の言葉がよぎったのである。

『極度の肉体の疲労はついに精神を侵してしまう』

ホームズは可愛らしい依頼人を落胆させたくないばっかりに、客観的にどう見ても自殺でしかありえない状況を受け入れられなくなったのではあるまいか。寄せられる期待と突きつけられる事実との板ばさみで、頭脳の歯車が少しずつ狂いだしているのではあるまいか。そんな疑念が私の胸を黒く塗りつぶし始めていたのである。

ホームズは、マーベル警部にもうしばらく巡査を残しておいてもらうように頼みに行く、といって広間を出て行った。それまでそばで我々の会話を聞いていたレストレイドが、頭をふりふりしかつめらしい顔をして近寄ってきた。

「まだ自殺とは認めないようですね?」

私は何かいいたげなレストレイドの顔を見やっていった。「ホームズは今からロンドンに戻るようです」

「わたしも一緒に帰るつもりですが、先生は残るそうですね」

「ええ」

「きれいな娘さんですな」彼は話のほこ先を変え、放心したように椅子にうずまっているアバーネティ嬢をあごでしゃくってみせた。「女性には淡白なかただとずっと思ってましたが、情にほだされたんでしょうかねえ」

レストレイドの失礼な言い方にむっとして私はいった。「ホームズは依頼人の貴賤や美醜、肩書きによって捜査に差をつけたりはしませんよ」

「まあ、今まではということでしょう」彼はどこか引っかかる物言いをして、にやにやと笑った。

そこへホームズが戻ってきた。

「どうやらもう一人の下宿人が到着したようだ。いま玄関に辻馬車が横付けになっていた。レストレイド、ぼくらはあれで駅まで向かうのがいいだろう。巡査の一人に頼んで待ってもらうよう伝えてある」

「せっかく下宿人が戻ってきたというのに、話を聞かなくていいのかい？」私はホームズのいつもの徹底した調査ぶりを知っていたので、ちょっとびっくりしてたずねた。

「いまはそのことに興味がない」彼はそっけなくいった。

「ああ、なるほど。事件当日、二百マイルは離れた観光地にいたのでは、事件に関係しようがないってことだね」私が独り合点すると、

「いいや、ワトスン」玄関に向かおうとしていたホームズは足を止めて、さとすようにいった。「邪悪な魂にとっては距離などなんでもないさ。悪魔の黒く長い指はどこまでも伸びていき、狙った獲物をその曲がった鋭い爪の先で確実に仕留めるものだよ」

「しかし、きみはあのエヴァンズという男がなにか関与しているなどとは言うまいね。せっかくの旅行を切り上げて、その日のうちに失意の母娘を励ますために帰ってくるなんて、じつに思いやり深い青年じゃないか」

「いや。逆だね、ワトスン。ぼくに言わせれば、まさにその点がおかしい。そうじゃないか。ハロゲイトから今日中に戻ってくるとしたら、どうしたって午後早くには出なくてはならない。昼前に打った依頼人の母親からの電報をホテルで受け取り、すぐさま返事を出したのが昼過ぎで、そのあと一目散に帰路についている」

「それが？」

「まるで待ち構えていたみたいだとぼくは言いたいのだ。これはすこぶる暗示的だ。いいかい？　観光旅行なんだぜ。たとえばきみが休暇を取ってサウスシーに出かけていながら、昼ひなたから砂利浜にも出ないで一日ホテルにずっとこもっていたとしたら、ぼくはきみの神経を疑うだろう」

「じゃあ、あの男が怪しいとでも？」

「さあね。それより目下のぼくの関心は、このバターの味わいのほうにある。頭脳に存分の働きを期待するなら、それに見合った栄養をたっぷり供給してやるべきだろう」

彼は私にくれぐれも今夜よろしく頼む、明日はなるべく早く来るからといって、呆気にとられる私を残し、レストレイドと連れ立ってそそくさと去っていった。

広間を出て食堂で夕食の席についた私たちのところに、ホームズたちと入れ違いに一人の男が姿を見せた。彼はまず依頼人の母親に大げさに抱きつき、そのあとでアバーネティ嬢にも抱擁しようとしたが彼女にうまくかわされて、決まり悪そうにアガサに自分用の皿を頼みに台所へ消えて行った。確かめるまでもなく、これがもうひとりの下宿人、ヘンリー・エヴァンズなのは明白だった。

あとでわかったことだが、馬車から降りて姿をあらわすまで少し間があったのは、物見高くもまず自殺の現場を見ようとして今晩私が泊まることを命じられた気の毒なマクラッティ青年の部屋に向かい、戸口の見張りの警官と押し問答をしていたせいらしかった。

彼は黒っぽい髪と眉をしており、鼻の下にだけ同じく黒い口ひげを蓄え、背はどちらかというと小柄で、筋肉質のしまった身体つきをしていた。顔の造作は小づくりで、くるくる変わる表情をもっていて、表面上は朗らかで愛想よく振舞っていたが、事前にアバーネティ嬢からあまり良からぬ下話を聞いていたせいか、ときおりひどく冷酷そうな目つきを走らせるのが気にかかった。

食卓では彼が私の隣に座った関係で、するともなく四方山話に花が咲いた。彼はしきりにホームズのことを聞きたがり、ロンドンに帰ってしまったのを残念がっていた。亡くなったマクラッティ青年の死については、ぼくが不注意だったのかもしれないと、暗い顔で頭を抱えてため息をついてみせるのだった。

「ええ。軽率だったと思います。青酸カリを渡したのはぼくなのです。彼も有機化学を専攻していましたからね。見本として見せたのです。もちろん危険な毒薬だってことは彼も知ってましたし、扱いに気をつけるよう、くどく念は押してありました。なぜそんな毒薬をむやみに譲ったりしたかですって？　ぼくの勤めている会社がなぜこのところ急激に業績を伸ばしているのをご存知でしょうか。それは一八九〇年に開発された青化法によるのです。今からまだほんの七年前になりますが、金や銀の鉱石を青酸カリと化合させることで、金や銀を効率的に分離抽出することができて、生産量が飛躍的に増えたのです。彼もこの秋から同業の違う会社に技術者として進むことが決まっていました。だから興味があるかと軽く考えて与えてしまったのです。すべて参考になればとの親切心からだったのですが、すっかり裏目に出てしまったというわけです」

エヴァンズは身振り手振りをくわえながら、饒舌にしゃべり続けた。

「それにしても高名なシャーロック・ホームズさんまで駆り出してくるとはジェインの気がしれませんよ。もう一度お聞きしますが、扉や窓はすべて内側から鍵がかかっていたというんでしょう？　これは自ら命を絶ったとしか考えられないじゃないですか。さしずめ、順風満帆に思えた恋の行く末を絶望したんでしょうな。いくらインド帰りで豪放に見えても、内心は小さいことを気にする不甲斐ない男だったということです」

エヴァンズは含み笑いをみせて口を閉じた。

私は食事を終えると、お休みの挨拶をして、不幸な下宿人の住んでいた部屋へ引きこもった。戸口を見張って誰も中に入れないようにしていた地元の警官も夜は引き上げるとのことで、ホームズの指示どおりに私が代わって番をすることになったのである。

寝台の脇にランプを灯して、持ってきていた小説本を読もうと思ったのだが、いろんな思念が湧きでてきて、まったく集中できなかった。あらゆる証拠が自殺であることを指し示しているというのに、ホームズはなぜ私に残れといったのだろう。やはりまだ自殺と思っていないのだろうか。それにしてもなぜわざわざこの部屋に泊まれといったのだろう。かたときも部屋を離れてはならないということに、どういう意味があるのだろう。私は自分のことを臆病な人間ではないと思うのだが、夕刻まで死体が転がっていた部屋でひとりきりで夜を過ごすというのは、なんとも薄気味が悪く落ち着かなかった。

十時を少し回った頃だっただろうか、扉が小さくノックされた。顔を出してみると、エヴァンズが廊下でウイスキーの罎を片手に微笑んでいる。

「どうです。退屈でしょう? 一杯やりながら話の続きをしませんか?」

私も手持ち無沙汰に苦しんでいたところだったから、ホームズの厳命さえなければ、大いに誘いに乗りたいところだったのであるが、涙をのんで断念した。エヴァンズはせっかくの好意を無にされて、なんのかのと粘っていたが、やがて不承不承に去っていった。

私はまた寝台に寝転んで、ひとり時の過ぎ行くのを待つしかなかった。もとよりロンドンの街なかとは違い、都会の喧騒などとは縁遠い田舎のことである。外に行き交う村人の気配すらなく、しんとした静寂があたりを支配して、わずかに遠くの教会の鐘の音がぼんやり時を告げるのが聞こえてくるだけである。

私は思い切ってランプを消して、一気に眠ってしまおうと算段したが、しかしそれはまったく逆効果だった。夜になって外からの月明かりも弱いうえに、磨りガラスが光を遮断して部屋の中は漆黒の闇といってよかった。死者の使っていた寝台に横たわって毛布にくるまり、なんとか早く夢の世界にたどり着こうともがくのであるが、いま読みかけの連載小説に出てくる怪物が暗闇にまぎれ、すぐそばで息を殺して覗き込んでいるような錯覚すら起こして、まったく寝つかれなくなってしまった。その物語『透明人間』の登場人物は薬品で姿を消すことができ、どんなおそろしい犯罪も思いのままなのである。

夜半、閃光がきらめき、耳をつんざくような雷鳴がとどろいて、私を文字どおり飛び上がらせた。それは真夏の気まぐれな一度きりの稲光だったのだが、無理やりに眠ろうと呻吟していた私の頭を再び覚醒させるのにはじゅうぶんだった。

考えてみれば人間の生命というのは不思議なものである。私はアフガン戦役のときペシャウールの根拠地病院で長期入院していたことがあり、もう今夜もつまいと思われた重篤な戦傷者が翌朝にはもうけろっとして食事をしていたり、かと思うと順調に回復していると見られていた患者が、夜が明けると冷たくなったりしたのを数多く目撃した。生と死を分かつ尺度は、科学や医学の力はおよばない、なにか神秘の力によって決定づけられていると思わざるをえないのである。

もしかすると、私も夜が明けたらこのベッドで冷たくなって発見されるのではないか、あの気の毒なマクラッティ青年を襲った透明人間のような怪物が私にも牙を向けるのではあるまいかと、あとになってみればじつにくだらない妄想にまでとりつかれ、私は寝床の中で苦しい不眠と戦いながら、一晩中まんじりともせず冷や汗を流していたのであった。

そんなわけで翌朝遅く目覚めた私は憔悴しきっていた。すぐに呼び鈴を鳴らして食事を運んでもらったのだが、なるべく早く来る、といっていたホームズが姿を見せたのはずいぶん遅く、やっと昼過ぎになってからだった。

「やあ、ワトスン。変わりはなかったかい?」

ホームズはじつに元気そうだった。昨夜は特に変わったことはないと報告すると、彼はうんうんとうなずいていた。夜中にエヴァンズが無聊を慰めに来てくれたと話したときにだけ、少し眉をあげてみせたが何もいわなかった。どうして私をたったひとりでこの薄気味悪い部屋に泊まらせたのか問いただしたいところだったが、彼にその気がないかぎりけっして教えてくれないのは毎度のことだったから聞かずにおいた。

「もうエヴァンズには会ったのかい?」私はたずねた。

「うん。さっき玄関で顔を合わせたので挨拶だけは交わしたよ」

「気になることを言ってたんだけどね」

「なんだい？」

そこで私はゆうべ食事の際に、青酸カリはエヴァンズがマクラッティに渡したことと、自殺の原因が失恋だと暗にほのめかしたことを伝えた。

「なるほどな。もうこの一件は自殺ということで地元警察では話が進んでいるようだよ。したがって警官の派遣も期待できない。レストレイドだけは今日も強引に引っ張ってきたけどね。だからこの部屋の見張り番はわれらが忠実なるアガサに頼もう」

ホームズは彼女が来ると、見張りについて打ち合わせしたいことがある、といって部屋に残り、私に下で待っていてくれといった。私は十何時間ぶりに薄気味悪さの漂う下宿部屋を離れられて、やっと生き返る思いだった。丘陵地帯の素晴らしい景色をながめ、おいしい空気を吸っていると、十五分ほどでホームズがおりてきて、ふたりして母屋に向かった。

居間にはレストレイドが憮然としてすわっており、エヴァンズは陰気な母親に向かって活発になにか話していた。依頼人は椅子に腰を下ろしていたが、青い瞳はうつろに宙を見上げ、その整った顔立ちには昨日見たよりもさらに強い憂いが浮かび、悲しみの色が濃かった。

「ホームズさん」彼女は私の友の姿を見ると立ち上がって近づいてきたが、その足取りは弱々しく頼りなかった。

「お約束どおり、またやって来ましたよ」ホームズは元気付けるように朗らかにいった。

「ああ。それは嬉しいのです。嬉しいのですが、でも……」彼女は両手を握り合わせていった。「アーサーは本当に自殺じゃないんでしょうか？　確信はおありですか？　もしかすると、わたし――」そこで言いよどんでしまい、がっくりとうつむいて言葉を切った。

そこへエヴァンズがにこにこと笑いながら近づいてきて私たちの輪に加わると、なにげない調子で依頼人に語りかけた。「駄目じゃないか、ジェイン。あのことをまだお話ししてないいんだって？　ホームズさんたちはお忙しいんだ。自分のわがままで振り回してはいけないよ」私とホームズの怪訝そうな顔をエヴァンズは得意げに見わたしながらいった。「そら、ジェイン。あの喧嘩のことをいわなきゃ。ぼくが旅行に立つ前の日に、はでにやってたじゃないか」

「そんなすごい喧嘩じゃありません」彼女の顔は怒りに血がのぼり赤くなっていたが、いまにも泣き出しそうだった。「よくある言い争いです」

「でも、そのあとぼくがアーサーと話をしたら、ジェインが口をきいてくれないとひどく落ち込んでいたぜ。あんなことでも変てこな気分のときにはじゅうぶんきっかけになるんじゃないのかな、自殺のね」

エヴァンズは妙な横目で、私たちをちらちら眺めながら、彼女をねちねちと追い詰めた。その厭味な口のきき方はとても我慢のならないもので、私にもアバーネティ嬢がこの男を嫌う理由がよくわかった。

「喧嘩をされたことは、最初に聞いて知っていますよ」ホームズがさえぎるようにいった。「ところで、マクラッティさんと話をしたというとき、どんな話をしたんです?」

不意打ちを食らって、エヴァンズはぎくりとしたが、すぐに愛想のいい笑顔を浮かべた。「近くの川に良い釣り場があると教えただけですよ。ぼくたちはお互い釣りをやりますんでね。もっとも彼は初心者ですが。会社に入ると付き合いがあるのでこういう趣味を覚えたほうがいいとぼくが勧めたのです」

彼はまだ話の輪に参加していたそうだったが、ホームズの射すくめるような眼光に追いたてられる格好で、その場を離れて行った。

「ああ、本当にあんな喧嘩が原因でアーサーが死んでしまったのだとしたら、悔やんでも悔やみきれません」美しい依頼人のやわらかな頬を、また大粒の涙が伝い始めた。

「でも、あんな言い争いはいつものことだったんです。二、三日口をきかなくなることだってよくありました。でも、最後に交わした言葉があんなだったので、思い出すと辛いのですわ」

「喧嘩の原因はなんです?」ホームズがたずねた。

「結婚の時期についてでした。わたしは彼の仕事が決まったので、せめて婚約だけでもしてほしかったのです。それにはうんと言ってくれませんでしたけど、いずれ結婚するということだけは誓ってくれました」

「よくわかりました。元気をお出しなさい。なんとなくわかってきた気がします」ホームズの言葉に、アバーネティ嬢は泣き濡れた目を上げた。「今日の夕方までには真相を解明してあげられるでしょう。あの部屋には邪悪な霧のようなものが立ち込めているのです。あとでぼくがある秘法を用いて、この屋敷に渦巻くどす黒い邪念を払ってあげます。あなたはすっかり安心していていいのです」

「本当ですか、ホームズさん」

美しい娘は感きわまって、ホームズの胸にまっすぐに飛び込んで行った。そしてなんと驚いたことには、ホームズもまたそれをしっかりと受けとめ、抱きしめ返したのである。

私の初めて見る光景に、思わずうろたえて視線をさまよわせてしまった先に、複雑きわまる表情をしたレストレイドの顔があった。私が思わず目配せをすると、彼は大きく首を振って、ついで自分の頭をゆっくりと右手で指さしてみせた。

ホームズは何事もなかったように依頼人から離れて、警部に気軽に声をかけた。「今朝の話だと、検死が済んで、死人の所持品が戻ってきてるとのことだったね？」

「大したものはありませんん」レストレイドは訝しそうな顔つきでホームズをながめた。

「ポケットに入っていたのはメモと小銭やらそんなものだけです。その袋に入れてありますよ」

「ぼくも昨日ちらりと見るには見たんだが、今度はみんなで見てみよう」

ホームズは彼から所持品を入れた袋を受け取ると中身をかき回していたが、小さな紙切れを取り出して私に示した。

「うん。こいつは面白い。ほら、ワトスン。なんだかわかるかい？」

「ほう。鉛筆でなにか書いてあるね」

「これは地図だろう。いったん濡れて乾いたから、こんなふうに皺くちゃになっている」

「そんなものでなにかわかるのかい？」

「さあ。なんでもないかもしれないし、なにかあるかもしれない」

彼は自分のポケットにそれを突っ込んだ。

「書かれている場所は、このすぐ近くのはずだ。いまから行ってみよう。レストレイド、きみも来たまえ」

三十分も歩かないうちに、私たちは清らかな流れを持つ小さな川のほとりに出た。日光がきらきら水面に反射して金色の波を浮かべ、水の中にも思いのほか大きな魚がいるらしく、時たま銀色の鱗がきらりと輝くのが見えた。

「ほら、ここだ。間違いようがない。紙に印がつけてある」

ホームズが指さす先に、幅が三、四フィート、長さが十フィート位の木で出来た小さな桟橋が斜めになって崩れ落ち、半分ほど川の中に水没していた。ホームズはあたりの土の上を拡大鏡を使って手早く捜査し、傾いて滑り台のようになっている桟橋の板の上に乗って、転げ落ちないように慎重に歩いた。

彼は水に洗われているぎりぎりのところまで来ると、水中にきびしく目を凝らし、続いて膝をついて腹這いになると、袖をまくりあげて川の中に腕を突っこんだ。そしてしばらくなにかを探っていたが、やがて引き出して手を大きく振った。

「夏でも水は冷たいな。ワトスン、この橋はなんだと思う?」

「釣りの足場のために誰かが作ったんだろう」

「そうだ。きっとよく釣れるポイントなのだろう。なぜって、わざわざ――きっとエヴァンズだろうけど、マクラッティに紙に書いて、この場所を教えてやってるくらいだからね。その釣りのあいだの空腹を満たすために、マクラッティはサンドイッチを準備したのさ」

「ホームズ、そんな所に立っていると危ないぜ。木が腐ってて、また崩れるかもしれない。溺れちゃことだ」

「なに、心配ない。意外と浅いよ。それに組んである木自体は新しいんだ。問題はなぜ支え木が折れたかってことだ」

「それでさっき水の中を探っていたのか」

「そういうことだ。おい、レストレイド。きみは鱒釣りはやらないのかね。水が透き通っているからよくわかるんだが、どうも大物がたくさんいそうだよ」

呼びかけられてロンドン警視庁の敏腕警部はじつに浮かない顔をした。

「ロンドン中の悪党どもがみんな消えちまったら、別の獲物を追うのも悪くはないでしょうけどね」吸っていた葉巻を大きく川に投げ入れると、弧を描いて飛んだ葉巻の吸いさしは水に落下してジュッと音を立てた。「いまも数々の事件がわたしの帰りを待ちわびてるところでしてね。たしかこの件は今日一日で片をつけるって約束のはずですな」

「そのとおり」

「結局、自殺だったっていうオチではないでしょうな？」

「この事件はあまりにも明白だというのがきみの意見かね、レストレイド？」

「逆にほかの解釈が成り立つとしたら、ぜひ教えてもらいたいものですな」彼は唇を曲げ胸を反らせて、意地の悪い言い方をした。

ホームズはしばらく黙っていたが、やがて重々しくいった。「ぼくは昔チベットにしばらくいたことがある。きみも知ってのとおり、あの懐かしいモリアーティ教授とスイスのライヘンバッハの滝で取っ組み合ったあと、身を隠す必要に迫られてね。あのあたりには火をあがめる宗教があるんだよ。炎には魔を払い、真実をあばき出す力があると信じられているんだ。もう少ししたら、ぼくもあの部屋でその秘法を使って、炎に事件の真相を尋ねてみるつもりだ」

決然としたホームズの様子に、レストレイドは眉をしかめ、深刻そうな顔つきで私の顔をながめた。「最後は神頼みだっていうんですか？」ややあって彼はホームズに呆れたようにいった。

「超自然の力を馬鹿にしてはいけないとぼくは思うね」ホームズはすましていった。

「まず九分九厘おどろくべき結果が生み出されることになるだろう。さあ、もうここには用はない。屋敷に引き上げるとしよう」

アバーネティ館への帰り道、上機嫌で先に行くホームズの少し後ろをついて歩いていた私のところへ、そっとレストレイドが肩を並べてきた。

「やはりホームズさんは完全には回復しておられないようですが」警部は言いにくそうに切り出した。

「これまでがあまりにも人間離れした活躍でしたからね。いや、心配しているんですよ」彼は赤い顔をして思いつめたようにいった。

私がじろりと見ると、彼はため息をついた。

「わたしは石切り場での作業を見たことがありますがね、ワトスン先生。まずノミで何度も岩をあちこち叩くんですよ。そして最後に加えられた一撃で岩は計ったようにきれいな平面を見せて割れるのですが、それはそれほど強い打撃ではない。むしろ弱いのです」

「それが？」

「いえね。それまでの強い打撃は無意味かというとそうではない。それらの打撃があってこそ、最後のとどめの一撃で岩が真っ二つに割れるのです。多く打たれて岩の内部がもろくなるんですな」

「どうも意味がよくわかりませんが」

「ホームズさんも長く探偵稼業を続けてこられたでしょう？　命の危険も一度や二度どころじゃない。しかも一匹狼だ。われわれは組織で動いています。身体にのしかかる重荷が違う。国家の機密や王室の内幕に絡んだ事件も多かったし、精神の張り詰め方も尋常ではなかったはずだ」

　レストレイドの言わんとするところを知って、私はううむとうなった。「ホームズはこれまでに多く打たれていると？」

「鉄製のハンマー並みの強力なやつでね。違いますか？　最後の打撃は弱くとも、致命的かもしれない。こんなところに引っ張り出して、すまなかったと思っているわけです」

痛いところを突かれて私は黙り込んだ。エイガ博士からの命令をいわば無視する形で、ホームズは事件捜査に明け暮れていた。レストレイドには言っていなかったが、博士からは、このままでは精神の異常をきたすのもやむなし、とまで遠まわしに宣告されていたのである。

私はホームズとの長く親しい付き合いのなかで、観察と推理の権化のような彼の内面に、優しく温かい心情が流れているのにとうに気がついていた。あの美しく純真な依頼人を失望させたくない一心で、ついに彼は現実を勝手に歪めてしまうご都合主義者に変貌してしまったのであろうか。先程聞いたところでは、ホームズは火に祈って、この事件にケリをつけるとのことである。あの厳正で冷徹な当世一流の理論家が、頼りない夢想家になってしまったというのか。

そのとき先を行くホームズが立ち止まってのんきな声をあげた。「いい天気だね、レストレイド。黄色い霧が渦巻くロンドンとは大違いだ」

「やっとまた夏っぽくなってきましたね」警部は照りつける陽の下を歩きながら如才なく答える。

「こんな日はレモネードに限る。お茶やコーヒーじゃ駄目だ。ちょっと酸味のきいたレモネードが一番だ。そう思わないかい？」

警部はその言葉を聞くとぎょっとしたように振り返り、私の目を見つめて、そのあと思い入れたっぷりに頭を振ってみせた。それからホームズに向かって、「たしかに暑い日にレモネードを飲めばさっぱりするでしょうな。しかし、わたしの頭はこの事件でいっぱいです。いろいろ引きずり回されましたが、わたしには自殺以外に考えられません。まだ悪魔の爪がなんのと思っておられるのですか？」

「邪悪な魂はどんなことも可能にすると言ったのです」ホームズは平然と答えた。「たとえ本体が遠く離れていても、使い魔をあやつって目的を達してしまうということです」

「なるほどね。まあ、わたしはレモネードとまで贅沢はいいませんが、はやく日陰に入って水の一杯でも貰いたいですよ。失礼」

レストレイドは足を速め、ホームズを追い越して、ずんずん屋敷のほうへ向かって歩いて行った。

「ホームズ！」私は叫んでいた。

結局のところ私は臆病だったのだろう。友情を失うことを恐れて、いままで直言することを避けていたのだ。しかし親友の肉体と精神の崩壊が目前に迫っているとするならば、もう見過ごすことはできない。

これまで捜査に関して私の助言が取り上げられることはほとんどなかった。しかし健康に関することは医者である私の専門分野である。ぜひ強権をもってしてでも、休養を命じるべきなのだ。

私は心をこめていった。「もう、この捜査は打ち切らないか？　この事件はどこからどう見ても自殺に違いない。ここで手を引いて帰ろう。いまから馬車を呼んで汽車に乗れば夕食には間に合う。コッツウォルズの景観でじゅうぶん気晴らしになっただろう。身体が駄目になっては元も子もないよ」

私は必死に言葉を尽くして説得したのだが、ホームズの態度は冷淡だった。

「ワトスン、ぼくの健康が気がかりだというんだね？　しかし医学というのは、つまり統計に基づき効果的であったと思われる処方を新たな患者に施すに過ぎないと思うのだが、違うかい？」

「そのとおりだよ。過去の尊い犠牲の上に成り立っている学問だ。その例に当てはめてみると、きみの現在の身体の状況はきわめて危ういと診断ができる。エイガ博士も転地保養が不十分だといっていた。ぼくも同意見だ。これ以上の肉体の酷使はきっと命にかかわる」

　心からの忠言に対してホームズの反応はそっけなかった。彼は私の顔をまじまじと見つめてこういったのだ。

「なに、猫の群れをいくら集めてきたところで、虎のことはわからんよ」

　そして私を置き去りにしてすたすたと行ってしまった。レストレイドがもしここにいたら、また頭を指さして首を振ったに違いない。やはりおかしくなってしまったのだと確信しただろう。しかし私にもたらした効果はまったく逆だった。

　そう。これがホームズなのだ。この自負心の強さこそがホームズなのであって、彼の風変わりな性格を形づくるうえで大きな核となっているのである。

してみると、ホームズの精神は狂気に侵されつつあるのではなかったのか――。私は頭が混乱して、草いきれのする濃い緑の原っぱの中を、ひと筋つづく灰色の小道に、しばし立ち尽くしたのである。


アバーネティ家の本館に着くと、居間の椅子に腰掛けたホームズの前にエヴァンズが立って、勢いよくまくしたてているところに出くわした。なにか懸命に訴えている様子である。

「ねえ、ホームズさん。地元警察も引き上げてしまったし、事件というわけでもないのでしょう？　なぜ部屋を封鎖して中に入れなくしているんです？　いえね、ぼくはマクラッティ君に本を貸してあってそれを返してもらいたいだけなんですがね。ちょっと探すだけなので、ほんの十五分もあれば事足りるんですが、アガサのやつがホームズさんの命令だとかいって、戸口に頑張っていてどうにもならないんですよ」

くどくどとかき口説くのであるが、ホームズは唇をきっと結んだきびしい表情のまま、真正面を見据えて黙っている。エヴァンズはさらに同情をひくように、哀願の調子を強めた。

「じつは仕事の関係なんでして。早急にその本に目を通す必要があるんです。一刻を争うんですがねえ?」

その言葉に、ずっと口を閉ざしていたホームズが反論した。

「おや、おかしいですね。あなたはハロゲイトに一週間の予定で観光旅行に出たんでしょう?　この一件がなければ、まだ現地で休暇中のはずなのに、どうして急ぎの仕事の用があるんです?」

これを聞いて、エヴァンズはぐっと詰まった。

ホームズは相手を冷ややかに見つめていった。「まあ、とにかく、ぼくにはぼくの考えがあってのことなのです。いまからチベットで学んだ炎の秘術をつくして、この事件をすっかり解決してあげますよ。そう、あと一時間ののちには、すべてが明らかになっているはずです」

「炎の秘術ですか。なるほど」エヴァンズは心の中であれこれ考える風だったが、「そうですね。なにか奇抜なことでもしなければ、ジェインはとうてい自殺と納得しないでしょうからね」やっと納得のいく答えを見つけたように小さくつぶやいた。

その様子をきびしい表情のまま見据えていたホームズは、おごそかにいった。「そのとおり。いまからぼくも加わって、その儀式の下準備をするので、まだしばらくは誰も立ち入り禁止なのです。ただし、その秘術が終われば、もう自由に出入りしていただいて結構。仕事に必要な本なりなんなり、存分に探してもらってかまわないのです」


火に祈る儀式の準備が整ったから死体のあった部屋に集合してほしい、と別棟にいるホームズから連絡が来たのは、それからさらに三十分ほどしてからであった。関係者はみな居間に留め置かれ、ホームズと女中のアガサだけが離れで作業をおこなっていたのだ。

我々が狭い下宿部屋へ行ってみると、すでに暖炉に火がくべられムッとするほどの暑さになっていた。ホームズはてきぱきと指示を与え、死者のいたインド風の柔らかなクッションのところにエヴァンズを座らせ、その両端を挟み込む形で私とレストレイドにすわらせた。

ひょろ高い食器棚に押し付けられた格好の警部は、苦虫を噛み潰したような顔で額にこまかい汗を浮かべていたが、これまでのホームズとの付き合いを思ってか、殊勝にも不平もいわず、黙ってガラスのコップで水を飲んで熱気をしのいでいた。ホームズが予言したとおり、食器棚から数インチ突き出ている物置台の上にある水差しの隣が本来のコップの定位置であり、居心地の良いクッションに座を占めたまま、片手を伸ばせばすぐに水を飲むことができる配置になっているのだ。私は窓側にいたためそのような恩恵にもあずかれず、ただ暑さに耐えていた。なにしろ、もう夏も盛りになろうというのに、閉め切った部屋の中で暖炉を燃やしているのである。

依頼人だけは暖炉を避けた扉の前に立つことを許されたが、男三人は暖炉の正面に向き合って、まともに熱気を受けている。たちまち汗が全身から噴き出した。そしてその三人よりもさらに暖炉の真ん前で、司祭よろしくホームズは膝を揃えて火に向き合って座り、しきりに薪をくべながら、ひと声儀式の開始を告げると、私の聞いたこともない異国語でなにやら呪文らしきものを唱え始めたのである。

あの時の一種異様な雰囲気を、私はいまだに忘れることができない。ホームズはときおり上体を前に大きく倒して拝むような仕草をしてみせ、声を張り上げ、火かき棒で炎を大きく燃え上がらせた。その姿はとても明敏な理論家であり著名な探偵とも思われぬ奇怪なもので、私の胸を暗澹たる思いで塞ぐのだった。

ことここに至っても私のホームズに対する信頼の念は揺らがなかったが、その真意は計りかねた。これは依頼人を諦めさせるための舞台装置なのだろうか。秘法を尽くしても真実には辿りつけなかったという言い訳のための苦肉の策なのか。そこまで考えてから、あるいは本気でこの術にすがっているのかもしれないと気づき、私はトルコ風呂さながらの灼熱の中にいながら、思わず寒気を覚えてブルッと身震いしたのである。

いたたまれず横にいるエヴァンズを見ると、彼は青い顔をしてホームズの狂態をギラギラした目で見つめていた。そのまた向こうにすわっているレストレイドと目が合うと、彼は額にびっしり玉の汗を浮かせてホームズに一瞥をくれ、それから思わせぶりに目を閉じて、重々しく首を振ってみせた。

十分が過ぎ、二十分が過ぎても、変化はなかった。

ホームズはいったい何を待っているのだろう？　チベットで学んだという火炎の奥義で、本当に真相があぶりだされると信じているのだろうか？　やはり長年の肉体の酷使は、ついに彼を狂気の淵に追いやったのではあるまいか？

やがてホームズは私たちに向き直り、最後の奇跡を乞うように大きく両腕を広げ、天井を見上げてさらに声高に呪文を叫んだが、しかしそれでも何事も起こらなかった。まるで怪鳥が飛び立つきわのように、ホームズの痩せた身体が両腕を不揃いに宙に浮かせたまま、背後の壁炉にあぶられて影になり、黒く不気味に静止している。くべられた薪が火花を上げるパチパチという小さな音だけが、部屋の静寂をことさらひき立たせていた。

突然、戸口でアバーネティ嬢が崩れ落ちると、両手で顔を覆い、わっと大声を放って泣き始めた。

これまで懸命に抑えていた自制の糸がぷっつりと切れてしまったかのように、ずっと気丈にふるまっていた彼女がいまや身も世もなく、身もだえしながら全身を震わせ泣きじゃくる姿は、なにかすべての手段が徒労に終わってしまったことを告げる感があった。

その光景はまさに『絶望』という名の絵画そのもので、レストレイドはこの状況に耐えられなくなったと見えて、ひと声太いうなり声をもらすと、右手で額の汗をぬぐいながら、やおら左手で食器棚の物置台の上に置いてあるコップをつかんで、ぐいと一気に飲みほした。

「おやっ！」

レストレイドは素っ頓狂な叫びを上げて、信じられないといった顔であたりを見回していった。

「おやっ！　なんてこった。こいつはレモネードだ。さっきまでたしかに水だったのに！」

ホームズは汗の浮かんだ赤い顔をおごそかに仰向けて、ほっそりとした長い腕で背の高い食器棚の上を力強く指さした。

「諸君、あれを見ろ！　とうとう悪魔の指が姿を現した！　ふふん、ヘンリー・エヴァンズ、震えているな？　レストレイド、腕をつかめ！　けっして放すんじゃないぞ。ワトスン、きみもだ！　そうだ。押さえつけておいてくれ。飢えた獰猛な虎や狼といったタイプではないが、奸智に長けたところは猛毒の牙を秘めて細い舌をのぞかせた蛇も顔負けの危険な奴だ。なんだってやってのける大胆な悪漢だよ」

ホームズの言葉が終わらないうちに、私は左腕で隣で震えている男の利き腕をしっかりとかかえこんだ。反対側からはレストレイドが、同じように残りの腕をねじりあげた。

青ざめた男は抵抗するように一瞬ギュッと身体に力を入れ身をよじろうとしたが、屈強な男二人に両側からがっちりと取り押さえられてどうにもならないのを知ると、諦めたように息を吐いた。

「あれはいったいなんだい、ホームズ？」

私はホームズが指し示した物を見上げていった。他の調度品と同じく恐ろしく背の高い食器棚の天辺に、ガラスの管のような物が、まさしく爪の長い悪魔の指先がごとくに横に二インチほど不気味に突き出していた。

「あれこそが気の毒なマクラッティ青年を死に追いやった仕掛けだよ」ホームズは微笑んでいった。

「でも今まであんな物はなかったが」私は首をひねった。

「そうさ。ぼくが炎の力を使って呼び出したんだ。おい、エヴァンズ。きみの口から説明をしてくれると手間がはぶけて助かるのだがな。なに、嫌だって？　仕方がない。ぼくのほうから説明しよう。それから、レストレイド。手錠はかけておいたほうがよろしいよ。この先生は顔に似合わず飛び切り凶悪な人物だからね。ほう？　口を割らなければ罪には問われないとでも思っているようだな。だが、その顔つきを鏡で見てみたまえ。ぎらぎらと落ち窪んだ目を光らせ、小鼻を膨らませて、醜くゆがんだ口元から荒い息を吐いているその表情を。罪の告白をしたも同然だ。心にやましいことがなければ、こんな反応をするわけがない。アバーネティさんもこの一部始終を見ている。お前の計画はおしまいだよ」

　そのホームズの言葉に、捕らわれた男はまた猛然と暴れ始めたが、簡単にレストレイドに組み伏せられてしまった。

「いったいぜんたい」手錠をはめたレストレイドは、ぼんやりした声をあげた。「なにがどうなっているのかさっぱりです。種明かしをしていただけるんでしょうな、ホームズさん？」私と同様に事態が全くのみ込めていない様子のレストレイドがわめいた。

「なかなか周到で緻密な犯罪だよ」ホームズは無念さと憎しみを浮かべているエヴァンズの顔を見据えていった。

「あれをごらん、レストレイド」ホームズは食器棚の上の奇怪な爪を指さした。「もうわかっていると思うが、この卑怯な男はあのガラス器具の先に青酸カリを乗せておき、部屋が一定の温度以上に暖まるとあの悪魔の爪が傾いて、真下のコップに落とすように細工していたのだ。犠牲者がいつも同じところにコップを置いておく習慣のあったことを熟知していた奴ならではの犯行さ。洒落ているのは室温が下がれば悪魔の爪はまた上がって消えてしまうという悪知恵だ。これだけ食器棚が高ければ、誰もその上にある物を下から見ることはできないからね」

ホームズは言葉を切って、微笑んだ。「いや、驚かせてすまなかったね、レストレイド。事前にぼくが青酸カリの代わりにレモン汁を仕込んでおいたことは、もう説明するまでもないだろう。アガサに手伝ってもらって儀式の前に用意しておいたのさ。事件の解決を芝居がかって演出するのはぼくの悪い癖だが、きみは今回ぼくの頭脳の働きを少々軽んじたのだから、これでおあいこというものだ」

「いやはや、ホームズさん」レストレイドの口調からは、いまや軽侮の響きはすっかり消え去っていた。「いつもと変わらず、いやいつも以上に見事なお手際と言わせてください。やはりあなたは常人の物差しでは測れない超人なのだと申し上げましょう。わたしは素直にシャッポを脱ぎます」

「ありがとう――。エヴァンズは恋仲の二人が喧嘩をしたのを見て、これはチャンスとばかり、この殺人装置を仕掛けてアリバイ作りのために観光旅行に出かけたのだ。親しく行き来していた下宿人同士だから凶器を仕掛ける隙はいくらもあったろう。さらに犯行を確実にするために釣り場を教えた地図を書き、桟橋に細工して川に落とさせ、寒がりのマクラッティに暖炉を焚かせたっていうわけだ。さあ、レストレイド。これ以上暑い部屋の中にいることもない。この危険な先生を早速しょっ引いて行って、厳重に牢の中に閉じ込めておくのがいいだろう」

すでに物語もじゅうぶん長くなったので、感激した依頼人がホームズにどれほどの心からの感謝を捧げたかについて、くどくど書き記す必要もなかろう。まだ私にはわからない点があったので、彼から事件の解説を聞きたくてうずうずしていたのだが、折り悪く急患が出て、翌日から二日続けて早朝から深夜まで往診に向かわねばならなかった。そんなわけでホームズからやっと詳しい説明が聞けたのは事件解決から三日が経った夜のことだった。

その日、目が離せない状態から患者がやっと小康を得たので、早めにベーカー街の家へ帰宅してみると、窓際の小テーブルの上に見慣れない物体が動いているのに気がついた。ウイスキーソーダ用の炭酸ガス発生器に似たガラス製の器具で、どうやら新しい実験器具みたいだったが、その動きはいつまでもとまらない。

私は疲労を癒すために階下にコーヒーを注文し、楽な服に着替えていつもの椅子に陣取った。ホームズは革表紙の分厚い資料を熱心に読みふけっていたが、私がなにを期待しているかすぐさま読み取って、手にした書籍を脇において新しくパイプに火をつけた。

「アバーネティ家の事件のことだね?」彼は椅子に深く身体をもたせかけながらいった。

「そうなんだ。ぼくにはまだのみ込めない点が多々あってね。事件の道筋を教えてくれるとありがたい」

「ぼくが常日頃から言っている、細かいことこそがもっとも大事、という格言のこれほど良い例示はまたとないだろうね。バターの中に沈み込んだパセリの深さが不自然だという些細なことにぼくがもし気がつきさえしなければ、この事件はきっと自殺ということで処理されてしまっただろう。そうとも。ぼくはひと目見たときから違和感を持った。たしかに暑い日が続いたけれども、あそこまで気候だけのせいで深く沈むものだろうか。少なくともぼくは今までに見たことがない」ホームズはいったん言葉を切って、私を見つめると、いたずらっぽく微笑んだ。「ワトスン。あの時ぼくがバターをなめてみせて、事件解決の鍵はバターの塩加減にある、と言ったらまるで狐につままれたような顔をしていたね」

「すまない、ホームズ。てっきり、きみがまだ大病から回復していないと思い込んだんだ」私は素直に白状した。

「ぼくの健康を気づかってくれるきみの友情は嬉しいよ。だが冗談なんかではなく、本気でそう言ったんだ。もちろんパセリがバターに沈み込む深さは、塩分の濃度に左右されるわけだ。運良く同じ物を入手できたので、ぼくはベーカー街に戻って、部屋の温度がいくらになればあの深さになるのか実験することにした。事件の取っ掛かりとして最重要だと思ったからだった。その結果、最低でも華氏九十五度（摂氏三十五度）以上にならないと、あの深さにはならないことを発見したのだ。気候のせいじゃない。季節外れの暖炉を使った証拠だ。そして話は前後するが、もうひとつぼくは最初からあの下宿部屋に足りないものがあることに気がついていた」

「それはなんだい？」

「脚立だよ」彼はパイプの煙を勢いよく噴き上げた。「いったいあれだけ背の高い調度品に囲まれていて、脚立がないとしたらどうやって上のほうの物を取るんだろうか。本や食器が半分以上も手が届かない高さにあるっていうのにだよ。床を丹念に調べたから、あちこちに脚立の足と思しき四角い跡がたくさん付いているのもわかっていた。正直いうと扉や窓の内側からかかった鍵のことよりも、どうして脚立が消えてしまったのか、そっちのほうが気になったくらいだ。母屋に戻る途中の庭で黒焦げになった物体と出くわしたのを覚えているかい？　あれこそが残骸だったのさ。そこですぐに女中のアガサに訊いてみたところ、もうひとりの下宿人のエヴァンズがマクラッティに借りたのだが不注意で壊したんだ、というじゃないか。そして自分の責任で買ってくるからそれまで買わずにいてくれとアガサと約束したという。だからそのときにはすでに、どうもあの部屋の高いところに何か秘密があるらしい、と睨んでいたのさ。きみにくどく部屋の番を頼んだのはそのせいだ。特にエヴァンズが保養地から帰ってきたら証拠隠滅を図るに違いないと思ったからね」

「ずいぶん悪知恵の働く奴なんだね、このエヴァンズという男は」

「そうだとも。たまたま恋人ふたりが喧嘩をしたのを偶然見ていたかで知って、好機到来とばかり残忍な殺人計画を実行したわけだ。エヴァンズにとって好都合だったのは、マクラッティがインド帰りで部屋にいるときは必ず内側から鍵をかける習慣があったことだ。どこからも侵入者がいない状況なら大した捜査が行われるはずもなく、簡単に自殺と断定されると踏んだんだね。普通にしていれば下からは絶対に見えないし、脚立を隠しておけば、あんな高いところを誰も調べやしないからね。恋人との口喧嘩が死の原因というのは動機としてちょっと弱いかもしれないが、恋は盲目というし、ものすごい喧嘩だったとエヴァンズが主張すればそれで通ると思ったんだろう」

「きみが最初にエヴァンズをあやしいと思ったのは、ハロゲイトからの戻りが早すぎたからかい？」

「うん。脚立の件もあったが、考えてもみろよ、ワトスン。前にも言ったけど、電報を受け取る時間が早すぎる。ハロゲイトは名だたる保養地だ。そんなところに出かけていて、観光にもスパにも行かず、昼間からホテルの一室にかしこまっているなんてとても考えられない。こうした電報が来ることが事前にわかっていない限りはね」

「うーん」私はうなった。「たしかに観光旅行なら日中はあちこち歩き回るのが普通で、ホテルで電報を受け取るのは夜になるはずだね」

「旅行中なにか困ったことがあったら飛んで帰るからと、あの陰気な母親にことづけてあったんだろう。エヴァンズという男は母親のほうにはとりわけ影響力を持っていたようだから」彼は椅子の背に深くもたれこんだ。「ぼくの想像だが、あいつがあの悪魔の装置を仕掛けたのは、今回が最初じゃないと思う。たぶん夏になって温度が上がるのを利用しようとしたのに、思ったほどには気温が上がらずに失敗したんだろう。そこで今度はもっと綿密に計画を練りなおした。水に濡れれば寒がりのインド育ちの下宿人は確実に暖炉に火を入れるだろうと奴は思いつき、あの川の釣り場に誘導したのだ。もちろん桟橋の上に乗ればたちまち支え木が折れて川の中に転がり落ちるように細工をしたのもエヴァンズだ。ぼくは水の中に手を突っ込んでみて、支え木の一部が細く削られているのを確認したよ」

「なるほど」私はホームズのあざやかな推理の道筋を教えられ、心からの感嘆を禁じえなかった。「ところでホームズ、きみはいつどうやって、あの悪魔のかぎ爪を見つけたんだい?」

「頑丈な牝牛のように頼もしいアガサに廊下を見張ってもらっておいて、じつは儀式を始めるずっと前に一度暖炉を焚いてみていたのさ。まあ、もとからおよその見当はついていたしね。あの水差しの置いてあった棚があるだろう。そこにコップを置いた円い跡が変色して残っていた。彼はいつも決まった場所に物を置く習慣だったのさ。機能的な部屋だと言ったろう、ワトスン? 疑いようもないが、気の毒な下宿人が川でずぶ濡れになった身体を乾かそうとお気に入りのクッションにすわって暖炉の火に当たっているうちに、悪魔の指が食器棚の天井から伸びてきて、乗せてあった青酸カリを真下に置いてあるコップの中に落としたんだよ。そして暑くなって汗をかいたマクラッティが喉を潤そうとして、いつもの場所のコップの水を飲んだとたんにお陀仏となったわけだ」

「しかしホームズ。いったん伸びてきた悪魔の指先がまた隠れてしまったのはどういうわけだい?」

「それについてはあとで実物に近いものを使って説明してあげるよ、ワトスン。ぼくはからくりに気がついたので、脚立の上に乗ってちょいとした悪戯をやったってわけさ」ホームズはおかしそうにくっくっと笑った。「もうわかったと思うが、やっこさんが例の器具の毒薬を置いたところに、ぼくはレモンの絞り汁に砂糖を混ぜたものを忍ばせたのさ。ああ、脚立は手回しよくエヴァンズ先生が買ってきていたよ。奴の部屋に隠してあった。アガサが合鍵で入ってこっそり持ちだしてくれたんだ。悲劇のあった部屋の監視が解かれ次第、凶器を回収するつもりだったんだろう。夜中にウイスキー片手にきみを訪問したのもまさにその目的のためだ。なんとかきみを部屋から出すなり酔い潰させるなりして、夜の間に邪悪な殺人装置を取り戻す腹づもりだったんだろうな。だが、きみが忠実にぼくの言いつけを守ってくれたおかげで手も足も出せずに、すごすご引き返すしかなかったのだ。それにしてもレモネードを飲んだレストレイドのびっくり仰天した顔はなかったね。そしてすべてが露見したと悟ったエヴァンズの醜い形相もね」ホームズはなおもおかしそうに笑った。

「あれだけ悪賢い奴なんだから、知らぬ存ぜぬで通すんじゃないかな」私がそう懸念を口にすると、

「それはだめだ、ワトスン。あの場のあわてふためいた態度を見るだけで、奴の犯行だということはわかるし、証拠もある」ホームズがそう言いながら、視線を小テーブルの上に逸らせたので、私もつられてそちらを見た。

実験器具のフラスコによく似た奇妙なガラス器具が、休むことなく振り子のように揺れている。動きが弱くなり大きく揺れて片側に傾くと、横の水を入れた小さなコップに嘴のように曲がった管の先を突っ込むのだが、すると不思議なことに再び頭を起こして元気よく揺れ始めるのだった。

「ちんけな悪党だが、この思い付きはなかなか秀逸だよ。悪魔の爪が伸びたからくりはエーテルの温度による膨張を利用したものさ。一定の温度を超えるとこうしてエーテル

が管の先まで上がって行って全体が傾くのだが、先端がコップの水に触れ温度が下がるとエーテルが縮んでまた元のように戻るんだ。奴が作っていたものはこれとは少し違うが、まあだいたい似たようなものだ。精密に仕上げてあったよ、ワトスン。ことに先端の毒物を乗せる部分の細工は見事なものだった。むろん発動させたい温度は、エーテルの量やガラス管の長さの調節で自在に設計できるわけだ。いったい落下というものは物理学の法則として、どれだけの高さがあってもまっすぐ正確に落ちるものだが、はたして結果はご覧のとおり。奴のときもぼくのときも、二度とも狙いたがわずあの細長いガラスコップの中に完璧に着水している。エヴァンズは技術者の端くれとして、これくらいのことはよくわかっていたんだろう。ところで、あの装置はガラス製で特殊な構造をしていて簡単に作れるものではない。レストレイドが近所を走り回って奴が発注したガラス工場を突き止めたので、ぼくはひと味加えてこれを作らせたんだ。どうだい？　こうして物的証拠が挙がったので、エヴァンズは巡回裁判でもとうてい言い逃れはできないだろうな。奴も殺人なんて大それたことを企まずに、これに羽根や尾っぽの飾りをつけて水飲み鳥とでも名づけてインテリアか

103　　アバーネティ家のパセリ

玩具として売り出せば、小銭を貯めるくらいのことはできただろうに」

「大手柄だね、ホームズ」私は彼の説明を聞いて手放しの賛辞を贈ったのだったが、すぐに暗い気分に襲われていった。「しかし真相が明らかになり犯人が逮捕されたのはよかったけど、ぼくはアバーネティ嬢が気の毒でならない。亡くなったマクラッティ青年はもう帰ってこないし、これから銀行からの厳しい取り立てが始まるだろうし、下手をすると土地や屋敷を借金のかたに取り上げられてしまうかもしれないしね。どう考えてもあの可哀想な母娘には、厳しい前途が待ち受けているとしか思えない」

「たしかに恋人が死んでしまったのは打撃だろう。だがお金の面はそんなに心配をする必要はなさそうだよ。きみはぼくがアバーネティ嬢のギターに合わせてバイオリンを弾いたとき、いたく感動をしていたようだったが、あのつぎはぎだらけの古ぼけたバイオリンは安物なんかじゃない。あれはガルネリだ。ストラディバリウスやアマティと並ぶ名器だよ。彼女が弾いていたギターもぼくの目に狂いがなければパノルモの量産品などではなくセレスかポンズの逸品さ。ブリッジやヘッドの部分が象牙や真珠母貝で美しく彫刻をされていたことにきみも気がついたろう。高価な装飾ギターなんだ。してみると、やり手で非常に羽振りの良かった父親は、また非常な目利きであったと考えられるのだ。広間にあった絵は心得のない者が見ると伝統的な肖像画の技法を無視したでたらめな作品ばかりに見えるかもしれないが、ぼくは例のライヘンバッハの死闘ののち、チベットからイギリスへ帰る途中のフランスで、ああいう作風の絵画を見たことがある。鑑識眼のしっかりした父親が購入したのなら、楽器と同じく価値のあるものに違いない。そう思ったので、昨日電報で知り合いの専門家に、あの広間の蒐集品を鑑定してもらうよう依頼しておいた。ほらこれが返事だ。どれもこれも素晴らしい値打ちのある芸術品ばかりで、特に絵画はクロード・モネやカミーユ・ピサロやエドガー・ドガなどフランス印象派の作家の初期の傑作ばかりだそうだ。これらは最近までまったく評価されなかったので、おそらく父親はずいぶん前に只同然の安値でこれらを購入したのではないかと書いてある。とにかく重要なことはあの広間に並べられた財物の価値は莫大なもので、少なく見積もってもあの家が抱えた借金の五倍の値打ちがあり、下宿業などしなくてもゆうゆう食べていけるということなんだ」

「なんてことだ」私は叫んだ。「じゃあ、あの母娘は手元にとてつもない財宝があるっていうのに借金におびえ、ことに母親のほうは嫌がる娘を説き伏せて裕福そうに振舞っていたエヴァンズと結婚をさせようと躍起になっていたということなんだね？」

私は親友の顔を見つめた。「で、エヴァンズはその蒐集品の真の価値を知っていたと思うかい？」

「もちろん、知っていただろうね」ホームズはパイプから煙を吐き出して、こともなげに答えた。「自分が銀行に口をきいて借金の返済を止めさせているなんて吹聴していたらしいが、屋敷内にあれだけの宝物があるんだから、銀行も無理に抵当権を執行しようとしないのはまあ当たり前だね。あの悪党は前から財宝と美しい娘の両方を狙っていたのだが、そこへ美男子のマクラッティ青年が登場し、雲行きが怪しくなってきた。どうやら良い就職先も見つかったようだし、まごまごしていると自分の優位性が薄れてくる。そこで競争者を亡き者にしようと図ったというわけだ」

「ホームズ！」私は込み上げてくる感動で胸をいっぱいにしていった。「きみはこのとんでもない悪人の卑劣な陰謀を、バターに沈むパセリの深さという、ほんのちっぽけな事実だけから見破ったというんだね！」

「ワトスン。ローマの政治家キケロはこう言ってるよ。『あらゆる物事のはじめは些細なことである』ってね」

あとがき

古今に比類なき名探偵といえば、シャーロック・ホームズ以外にありえないだろう。まさにホームズの前にホームズはなく、ホームズの後にホームズはない。彼こそは名探偵の代名詞であり、鹿撃ち帽、インヴァネスコート、鷲鼻、パイプ、拡大鏡は、もはや探偵というイメージに欠かせないアイコンとなっている。

この『アバーネティ家のパセリ【The Adventure of the Abernetty's Parsley】』は、もちろんこの世界一有名なキャラクターともいわれる名探偵シャーロック・ホームズの贋作〔パスティーシュ〕だ（ちなみに、映像化の多さでホームズに匹敵するのは、かのドラキュラくらいらしい）。

さて、コナン・ドイル作の《シャーロック・ホームズの生還》に収録されている『六つのナポレオン胸像』の中に、こういう有名な一節がある。

「きみも覚えているだろう、ワトスン？　アバーネティ家の恐ろしい事件にぼくがはじめて気がついたのは、暑い日にパセリがバターの中へ沈んだその深さのおかげだったのだ」

この小説は、そのセリフから逆算して、そういう状況はどうやったら実現するのか？　一体どういう事件が起こったのか？　犯人は誰で、どういう動機なのか？　ホームズはどうやってこんな些細なことから事件を解決に導いたのか？　という謎を連続的に問いかけて、最終的に物語に仕上げたものだ。

コナン・ドイルのシャーロック・ホームズ物語は、長編4作に短編56作の合計60編が、オリジナルのいわゆる正典（canon）もしくは聖典（Sacred Writing）と呼ばれるものになる。その一覧は次のとおり。
①《緋色の研究【A Study in Scarlet】》長編（1888・7出版）
②《四つの署名【The Sign of the Four】》長編（1890・10出版）

③《シャーロック・ホームズの冒険【The Adventures of Sherlock Holmes】》短編集（1892・10出版）
④《シャーロック・ホームズの回想【The Memoirs of Sherlock Holmes】》短編集（1893・12出版）
⑤《バスカーヴィル家の犬【The Hound of the Baskervilles】》長編（1902・3出版）
⑥《シャーロック・ホームズの生還【The Return of Sherlock Holmes】》短編集（1905・3出版）
⑦《恐怖の谷【The Valley of Fear】》長編（1915・6出版）
⑧《シャーロック・ホームズ最後の挨拶【His Last Bow】》短編集（1917・10出版）
⑨《シャーロック・ホームズの事件簿【The Case-Book of Sherlock Holmes】》短編集（1927・6出版）
※このほかに聖書になぞらえて経外典（Apocrypha）と呼ばれるものがある。ドイル自身によるホームズ・パロディで『競技場バザー』と『ワトスンの推理法修業』がそれだ。

両方とも数ページにも満たないショートショート、というよりもジョークで書かれた雑文みたいなもので、こんなものは正典にはとても数えられないだろう。その他には真面目に書かれたドイルのミステリー二篇がある。『消えた臨時列車』と『時計だらけの男』である。ホームズという名前は一切出てこないのだが、それぞれ「名声を博していた素人推理家」「高名な犯罪研究家」というホームズを思わせる人物が登場する。ホームズ研究家の中には、この二篇を加えてホームズ物語は62作あることにしよう、という提言を行っている人もいるらしいがとんでもない。推理も間違っているし、単なる引き立て役である。これらの経外典から立ち昇ってくるのは、ドイルはやはりホームズのことは好きじゃないんだなあ、という妙な感慨である。ドイルのホームズに対していだく憎しみ（?）については後述する。

偽作とひと口に言っても、大きく分けて二通りある。パスティーシュとパロディだ。パスティーシュのほうは厳密な意味での贋作で、この場合はコナン・ドイルの筆致を真似て真面目に書かれ、オリジナルのホームズ・シリーズの続編という形をとる。パロディはもっとふざけたパターンで、ホームズの名前や特徴を茶化した探偵が出てきたり、他の歴史上または架空の有名キャラクターが登場したり、時空を超えたSF的な別の要素を導入したりと自由自在。BBCテレビの『SHERLOCK／シャーロック』は主人公がホームズ自身だが、設定が現在である。またホームズが犬と化したのはほんの序の口で、最近では〝タコのホームズ〟が主人公の絵本までが出版されているらしい。

僕が書いているのはパスティーシュのほうなのでパロディには興味がないのだけど、ひとつだけ飛びきり面白いシリーズがあるので紹介しよう。それは知る人ぞ知るロバート・L・フィッシュの《シュロック・ホームズ》シリーズである。

読んだのは大昔だけど、そのときはお腹がよじれるほど笑った。特に『アダム爆弾の怪』『贋物の君主』『寡婦のタバコ』などは、こんなこと書いていいのかとビックリした覚えがある。本当は翻訳困難なダジャレにあふれ、スラングやダブルミーニングを駆使してあるとのことなので、英米人ならもっと楽しめるはずだ。自分が英語ネイティブでないことをこれほど残念に思ったことはない。

本家のシャーロック・ホームズの場合は、彼が事件の捜査に加わることによって謎が解け、結果として依頼人が幸せになることが多いのだが、シュロック・ホームズの場合は彼が介入することによって、事件関係者がすべて不幸になるという物凄い特性を持っている。それに相棒であり記録者のワトニィ博士は、原文にはっきりとは書かれていないが、どう見てもアル中である！　原作と同じく《冒険》《回想》が出ていて《迷推理》という事件簿的なものも出ている。

ではコナン・ドイルはどうやって、この古今未曾有の不滅のキャラクターを生み出したのであろうか？　ドイルはシャーロック・ホームズ誕生について友人に尋ねられた手紙の返事に「恩師ジョー・ベルとポーのムッシュー・デュパン（ずいぶん薄めてありますが）を混ぜ合わせたものです」と答えている。ではジョー・ベルとは何者かということになるが、これもシャーロキアンの間ではずいぶんと有名な話となる。

ホームズの相棒のワトスン博士は言わずと知れた医者だが、ドイルもじつは医者で一時はサウスシーなどで開業していた。その出身校がエディンバラ大学医学部であり、そのときにエディンバラ王立病院のジョゼフ・ベル博士の助手になる。この出会いが（たとえ本人がどう言おうとも）ドイルの人生を決定づけたし、また全世界の良質な読み物に飢えていた大多数の読者の運命も決定づけたのである。

ベル博士は外見的にも小説の中のホームズにかなり似ていたようだ。やせっぽちで、鼻が高くて顔つきが鋭く、人を射るような眼をもち、肩をいからせてひょいひょいと歩く。声は高くて調子っぱずれだったらしい。イメージ似てるよね。

ドイルが注目したのは外見だけではない。一番印象に残っていた点は、その不思議な診察のやり方だった。ちらりと患者をみただけで多くを見抜くのである。どうかするとへまをやることもあったが、きわめて劇的なことも多かったとドイルは自伝に書いている。

「ははあ、君は軍隊にいましたね?」

「そうです」

「近ごろ除隊になったね?」

「そうです」

「高地連隊だね?」

「そうです」

「下士官だったね？」

「そうです」

「バルバドス駐屯隊だね？」

「そうです」

「さて諸君、これは真面目で卑しからぬ人なのに、入ってきても帽子を取らない。軍隊ではそうするのが普通であるが、これは除隊して間がないから、一般市民の風習に慣れる暇がなかった。見たところ威力があるし、明らかにスコットランド人だ。バルバドスと言ったのは、この人の訴えている病苦は象皮病であるが、この病気は西インド地方のもので、イギリスにはない」

　説明を聞くまでは学生たちにとって不思議でならないが、聞いてみれば至極なんでもないことだ。物語の中でホームズがときおりワトスンや依頼人から言われることと同じである。ただしベル博士がこういう離れ業を演じたのは一度や二度ではない。ホームズとワトスンが初めて出会った際の開口一番のホームズの印象的な言葉「あなたはアフガニスタンに行ってきましたね？」を想起された方も多いだろう。ある種の【ホームズ的思考法】を考案したのはこのジョゼフ・ベル博士と言いきって間違いない。

僕はこの機会に《ドイル傑作集・全8巻》を買って読んでみたけれど、短編から長編から、じつにいろんな分野をたくさん書いていて、ホームズシリーズはドイルの作品中、ほんの一部だということがよくわかる。ドイルは自分は歴史小説に天分があり、本来なら偉大な文学者たちと肩を並べるだけの素質があると考えていた。そのためにホームズの作家として名が売れるのは邪魔でしかなく、しだいに不都合だと思うようになっていったのは有名な話だ。

なお、ベル博士は犯罪事件の専門家として現実の殺人事件の鑑定人を務めたり、実務でもその特異な能力を発揮したようだ。ホームズが有名になったのちも、ドイルとは付き合いがあり、あれこれネタを考えてくれたらしいけど、正直使い物にならなかったとドイルは語っている。

ホームズを作っている成分――ジョゼフ・ベル博士のほうはこれでわかったと思うので、ポーのムッシュー・デュパンについて考えていこう。

ポーとは、アメリカの作家、エドガー・アラン・ポーのことである。彼が１８４１年に発表した『モルグ街の殺人』は世界初の探偵小説と呼ばれ、同じC・オーギュスト・デュパンを主人公とする続く『マリー・ロジェの謎』『盗まれた手紙』の計三編だけで（デュパンの出てこない『黄金虫』を入れて四編とする場合もある）近代探偵小説のすべての基礎を作り上げたと言われている。なんか十字路で悪魔に魂を売って、ブルースのすべてを網羅した２４曲を手に入れたとかいうロバート・ジョンソンみたいだな。

ちなみに日本の推理作家の江戸川乱歩はこのエドガー・アラン・ポーから名前をとっている。二葉亭四迷は「くたばってしまえ」から来てるし、直木賞で有名な直木三十五は、年齢ごとに名前の数字を増やしていたらしいし、昔の作家は豪快というか、みんないい加減だなあ（笑）。

その江戸川乱歩は有名なトリックの研究本《続・幻影城》で、ポーに触れていて、「厳密には三篇、多く見ても五篇しか探偵小説を書いていないが、その僅かの作品の中に、非常に大きな独創的トリックを幾つとなく織り込んでいる。その後、百余年間に案出されたトリックの原型で、ポーの気付かなかったものは極く少ない」と言っている。

僕も今回この『続・幻影城』を久しぶりに読み直してみたけど、トリックの種類はあるようで余りない。ポーは『モルグ街の殺人』で密室トリックを創り、『盗まれた手紙』で隠し場所のトリックを築き、『黄金虫』で暗号トリックを用いた。『マリー・ロジェの謎』はよくわからないが、すでに終わった事件を新聞記事だけを使って推理するというのが創意か。

ポーの作品はもちろん僕も昔に読んでいて、ドイルがポーのデュパンに影響されてホームズを生み出したということは知識として知っていたけれど、今回あらためて《ポー短編集》を読み返してみて驚いた。こりゃ、ほとんどホームズだ。ドイルは「ポーのムッシュー・デュパン（ずいぶん薄めてありますが）」と書いているけれども「ずいぶん薄めてある」とはとても言えず、『四つの署名』冒頭でホームズが使っていた【7％溶液のコカイン】のごとき甘っちょろい代物ではなく、【純度90％はある、高濃度のデュパン】と言えるだろう（さすがに、もうちょい薄いか?・）。しかしデュパンの観察と推理の手法、厭世的で二重性のある性格、部屋中にもうもうとたちこめるパイプ煙草のけむり、風変わりでデカダンな雰囲気。な、ホームズだろ?

僕は最初、デュパンとホームズのあまりの類似の多さに腰を抜かし、じゃあワトスンこそが、ドイルの正真正銘の発明品かと思ったりしたのだが、どうやらそれも怪しい。「私」はデュパンと同居し、友だちであり、彼の記録係でもある。ポーの3作品『モルグ街の殺人』『マリー・ロジェの謎』『盗まれた手紙』は、そのままデュパンをホームズに、私をワトスンに置き換えても、十分にドイルのホームズ物として通用しそうだ。『赤髪組合』の終わりでホームズが警句もどきを言うのだけれど、それだってポーの『盗まれた手紙』の終わり方とよく似てる。

恐るべしデュパン！　偉大なるかなポー！　どんなパスティーシュのホームズよりもオーギュスト・デュパンはホームズである。こうなってくると、ドイルが創作したというのは、相棒ワトスンですらなく、絶え間なく驚き褒めそやす合いの手のキャラクターということになるかもしれない。

ホームズは『緋色の研究』で、こんなことを言っている。

「君はもちろん、ほめてくれるつもりで、デュパンを持ち出したのだろう。しかしぼくにいわせれば、デュパンははるかに劣っている。十五分間も黙りこんだあとで、気の利いた意見をはいて友人の思索を破るなんて、あんなやり口は見栄をはった、浅薄なやり方だ。ある程度には、分析の天才だったにちがいないが、だからといって、ポオの想像していたほど非凡な人物とはけっしていえない」

うーん、ボロカスですな。ついでにこんなことも言っている。ガボリオの作品に出てくるルコックなら、きみの眼鏡に適うだろうかとワトスンに訊かれて、

「なに、ルコックなんて、へまばっかりで、見ちゃいられない。ただ一つのとりえといえば、精力という点だけだ。あの本はまったく、やりきれぬほどいまいましい。問題の焦点は口を割らない被告の身元を外部から確認するだけのことなのだ。ぼくならまる一日かかればできる。ルコック先生は半年もかかっている。あの本は探偵のおちいりやすい過ちをしめす教科書としてなら役に立つだろう」

こっちもクソミソなんだけれども、これはどの作品のことを言っているのか、今のところわかっていない。どれだろね?

もちろんドイルは小説をずいぶん書いてもいたが、同時にずいぶん読んでもいたらしい。そして、こんなことを言っている。

「私はいくつか探偵小説を読んでみたが、そのあまりのくだらなさに衝撃をうけた。筋道のたった推理などなく、謎を解決に持っていくうえで、著者はいつも偶然に頼っていたからだ」

しかしながら、メチャクチャにけなされながらも、好きの反対は嫌いではなく無関心である、という格言のとおり、デビュー作に名前が出されただけあって、ポーとガボリオにはドイルも一目置いていたようだ。自伝に「ガボリオの作品は、構想の巧みに入りくんでいるという点で私を引きつけた。ポーのすぐれた探偵デュパンは、子供のころから敬慕する人物の一人だった」と書いている。

そこで興味をひかれたので、さっそく世界初の長編ミステリーとされるエミール・ガボリオの1866年刊『ルルージュ事件』を読んでみた。驚いた。ガボリオのシリーズキャラクターはルコック刑事だと聞いていたのに、彼は最初に申しわけ程度にしか顔を出さず、実際の探偵役はタバレの親父と呼ばれるおっさんなのである——いや、爺さんか。どんな人物かというと、歳は六十前後、家の事情で婚期を逃し独身、小柄で痩せており、いくらか背が曲がっている。と冴えない感じだが、いざ犯行現場に到着すると、目撃者もいないのに周囲の状況とそこに残された痕跡を注意深く調べ、見事な推理を披露して一同を圧倒する。

「被害者の未亡人はドアをノックした人物と顔見知りだったのです。急いでドアを開けようとしたことからそう推測できますし、それからの行動もそれを裏付けています。犯人はまだ若い男で、平均よりもいくらか背が高く、なかなか上品な身なりをしております。その晩はシルクハットをかぶり、雨傘を手にしておりました。それからハバナ産の葉巻をくゆらせて葉巻用のホルダーを使っておりました」

いやもう、デュパンやん。ホームズやん。という世界だぁ！　まだガボリオは時間がなく、これを書いている段階ではこの一冊しか読んでいないのでよくわからないが――ルコック刑事は次作の『オルシヴァルの犯罪』以降に主役として活躍するらしい――タバレは、犯人の目的はルルージュ夫人が所有していた何らかの書類であり、犯人はそれを見つけ出して二階の小さなストーブで燃やしたあと、物取りに見せかけるために部屋を荒らしたのだとズバズバ推理する。やはりルコックより、こっちのほうが、ホームズの原型のような気がするんだけどなあ。

ちなみに『ルルージュ事件』のなかに、化石の骨から恐竜の全体を描くという話も出てくるし、【四人の署名】という言葉も出てくる。ドイルなりのオマージュなのだろうか？

ついでにこの時期の探偵小説の大ベストセラー、ファーガス・ヒュームの1886年刊『二輪馬車の秘密』を読んでみた。これはドイルが《コナン・ドイル書簡集》のなかで「まったくのまがい物です。これまで読んだ中で一、二を争う駄作で、誇大広告で売れただけです」と酷評していたので、どんなだろうと興味をそそられたのだが、結論からいうと面白かった。さすがはバカ売れしただけあるなと思ったけど、この作者はその後130作以上書いてヒットが出なかったとのことだから、まだ僕が読んでいないガボリオ作品群からそうとう拝借しているのかもしれない。

そういえば、経外典（Apocrypha）のところで書き落としていたが、一時期、ドイルの未発表原稿に違いないということで、正典の61番目の物語として認定されかけた作品がある。1942年発見の『指名手配の男』という短編で、前出の《続・幻影城》のなかで乱歩はこの作をドイルの遺稿と信じ込んでいる。なんでも発見された原稿の封筒にドイル夫人の「ドイルはこの作品は不出来だから発表したくないと言っていた」という書きこみがあり、それに同調して「たしかにプロットが脆弱でドイルが発表を躊躇したのは尤もだ」と言い出す作家などもいて、ドイル真作説に信憑性が高かった。

ところが実際には、アーサー・ホイテッカーという作家の贋作だ、というのが今日の通説になっている。ただドイルの真筆と思っている乱歩はこれを読んで「なかなか面白い。ホームズ譚のなかの中位の出来」と褒めている。僕も読んでみたけど、かなり似ているし優れていると思うが「——細かいことをいちいち言うのもたいくつだろうから省略するが——」のくだりがいただけない。ここは推理小説として省略で逃げちゃいかんところではないだろうか。

この『指名手配の男』が収録されているのは《ホームズ贋作展覧会》だけど、とにかくホームズ物語が《ストランド誌》——十九世紀末にイギリスで創刊された有名な月刊誌で、同じ主人公による一話完結の連載のスタイルはドイルの考案による——に連載され始めた当時から、パロディやパスティーシュは山とあふれ出したようだ。やはりこの強烈なキャラクターは、どうしてもいじってみたくなるものらしい。

僕が読んで一番出来のいい本格パスティーシュ集と思ったのは、1954年刊《シャーロック・ホームズの功績》で、これはトリック名人の呼び声高いミステリー作家のディクスン・カーとコナン・ドイルの息子であるアドリアン・コナン・ドイルの共著である。全部で12篇あるが、最初の6篇が共作で、あとの6篇はアドリアンの単独作。内容はあとで詳述する【語られざる事件】に題材をとっている。

父のアーサー・コナン・ドイルの残したアイデアノートなどをもとに作られたそうだが、前半の6篇はトリックがきつく、あまり父親の作風に似てないと感じる。カーの風味が強すぎるので、息子アドリアンが苦情を申し立て、途中で仲たがいしたのかと思ったけど、そうではないらしい。カーが体調を崩して離脱したせいなんだとか。うーむ、口実なのかなと疑ったりもするのだけれど、事実は僕にはわからない。しかし後半の単独作のほうが、本家コナン・ドイルの筆致に似ていて僕は好きだ。特に『デプトフォードの恐怖の事件』は秀逸だと思う。

この短編集はもっと評価されてしかるべきなのに、あまり話題にも出て来ないのは変だなあ、と長年不思議に思っていたら、最近やっと原因がわかった。じつはドイル家と

シャーロキアンはお互い反目しあっていたのである！（特にアドリアンが強硬だったらしい）

いろいろとややこしいが説明すると、世界初のシャーロキアン団体である〈ベイカー・ストリート・イレギュラーズ（ＢＳＩ）〉が１９３４年にニューヨークで発足する。さほど規模は大きくないのだが、世界最古参。続いてロンドンで〈シャーロック・ホームズ協会（ＳＨＳ）〉が旗揚げする。これらシャーロキアン団体は〝グランド・ゲーム〟と呼ばれる「ホームズは実在の人物で、物語はドイルではなくワトスンが書いたとする」一種の遊びを行なっていたのだけれど、勝手に事実と違うことをするな、と父アーサー・コナン・ドイルの亡くなっていたドイル家は快く思っていなかったようだ。

そして１９４４年に決定的事件が起こる。エラリー・クイーン編の《シャーロック・ホームズの災難》の発刊である。これは熱心なホームズファンのエラリー・クイーンが、これぞと思うものだけを集めたホームズ贋作集で、心を打つエラリー・クイーン（フレデリック・ダネイ）の序文があったりして、まったく悪気はなかったと思うのだけれど、息子たちの激怒を招いた。

一発目の1892年『ペグラムの怪事件』もよくなかったな。これはポーの『盗まれた手紙』、ドイルの『赤髪連盟』と並んで、【奇妙な味】の傑作ミステリーに選ばれることの多い『放心家組合』を書いた名手ロバート・バーの作だが、名前こそちょっともじってシャーロー・コームズになっているが、途中までドイルのホームズものそっくりに書いてあり、しかし肝心の推理は大ハズレで探偵赤っ恥という結末。アドリアンも煮えただろう。

このなかには真面目なもの、ふざけたもの数々あるが、非常に有名なパスティーシュがひとつおさめられている。それは名高いシャーロック・ホームズ研究家であるヴィンセント・スターレットの『稀覯本ハムレット【The Unique Hamlet】』だ。昔は〝ただひとりのハムレット〟というもっとロマンチックな邦題がついていて、僕はそっちのほうが好きなのだが、〝稀覯本ハムレット〟のほうが内容には即している。

パロディとパスティーシュの違いについて、ホームズ研究家のアンドリアッコは「コナン・ドイル以外の者が書いたホームズ・ストーリーを、たとえ本来の正典がもつ精神とかけ離れた作品になっていようと、すべてパスティーシュと呼んでしまうような作家や評論家もいるが、正確にはパスティーシュはニコラス・メイヤーが〝贋作〟と呼んだもの――すなわち単に登場人物を使うだけでなく、原作のスタイルそっくりに書いたものでなければならない」と述べている。そのうえで、彼がストーリーと文体の両方においてまさに正しいパスティーシュとしているのが、この『稀覯本ハムレット』だ。この短編は自分なりに解析したホームズ譚のフォーマット「朝食でのテーブルでの幕開き、一、二ページは例の推理、ハドスン夫人の登場、悩みを抱えた依頼人が入ってきて、戸の近くで気絶します。そして霧の中を行く二輪馬車……」を踏まえて書いたと作者が記している。

ホームズ物語には典型的なパターンがあり、そのテンプレートをもとに新たなストーリーを書けば、いかにも正典らしい作品ができるという仮説がある。冒頭ベイカー街の居間シーンから始まり、そこへ依頼人が事件を持ちこんでくる。その後ホームズとワトスンはベイカー街から事件現場へ行き、ホームズが猟犬さながらの捜査をする。そしてエンディングとして事件を解決したホームズがドラマティックなかたちで犯人を指摘し、エピローグとしてワトスンへの解説がある——ということらしい。はからずも本作の『アバーネティ家のパセリ』もこのスタイルを踏襲していることに注目してほしい。研究家によれば正典60篇のうち25篇がほぼこの構造パターンなのだという。まあ「ホームズ短編といえばこれ!」というイメージあるよね。

で、この『稀覯本ハムレット』だが、たしかによく出来ている。文体もストーリーもクリソツ!　なんだけれども、残念ながらオリジナルのホームズ短編にくらべて、分量がやや短い。あれ、もう終わり?　という呆気なさ感が、他の要素が似ているだけに余計に強くて、僕はちょっと物足りなく感じた。しかし古今に超絶有名な本格パスティーシュとして、押しも押されもしない金字塔であることは間違いない。

あと《シャーロック・ホームズの災難》のなかの重要な作品に、オーガスト・ダーレスの『廃墟の怪事件』がある。1928年19歳の時の作とあるから、すごい才能だ。このシリーズを通した主人公は、その名もソーラー・ポンズ。なぜこれだけ内容が真面目で敬虔な贋作なのに、ホームズの名を使っていないのかというと、そこには悲しい物語が秘められているのだった。

熱心なホームズファンだったダーレスは、当時まだ存命だったコナン・ドイルに手紙を送り、もうホームズ物語は書かないのかと問い合わせたところ、その気はないとの返答を得た。そこで自分が書き継いで良いかと訊いたら、駄目と言われた（ドイルの側から考えるとふつうに当たり前のような気もする）。そこでしかたなくまったく別個の探偵としてホームズの後継者を作り出すという荒業に手を染めたのである。

そうして生まれたのが「プレード街のシャーロック・ホームズ」ことソーラー・ポンズであり、活躍の舞台はこれもドイルに遠慮してヴィクトリア朝ではなく、その当時の現代1920年代に「なってまった」のだ。しかもダーレスはイギリス人でなくアメリカ人で、イギリスなんぞ行ったこともなかったという。コナン・ドイルの著作権が切れていて、ホームズの名前を使うことにいっさいの制約のない今の我々の環境に感謝しなければならないね。

《災難》の編者のクイーン（フレデリック・ダネイ）と前出のヴィンセント・スターレットがポンズものを単行本で出版するよう強く勧めたらしいのだが、どっこい本丸の《シャーロック・ホームズの災難》自体がドイルの息子たちから出版差し止めのクレームをつけられ大炎上中（このあとこの本は絶版となり、かなり長い期間この世から姿を消す）、ポンズものの出版を引き受けてくれるところはなかった。しかたなくダーレスは自分の出版社に新レーベルを作って発刊したとある。みんな苦労してるな。

ちなみに僕はポンズものを二篇（前出の『廃墟の怪事件』と『怯える准男爵』）読んでみたけど、ホームズとワトスンの佇まいは正典そのもの。むろん説明済みの事情で、ホームズ名は悲しいかな、ソーラー・ポンズになっている。ちなににワトスン役はリンドン・パーカー医師。筋の運びや雰囲気は非常にドイル正典に近い。おしむらくは謎と解決が本家に比べると、ちと弱いかなと感じた。

ドイル家とシャーロキアンの反目はアドリアンの死去により終結し、娘のデイム・ジーンが著作権を管理するようになってから、争いはなくなったとある。そして紆余曲折あったものの、黙認から一歩進んで公認される作品も出てきた。アンソニー・ホロヴィッツの『絹の家』はなんと二十一世紀になってから創作されたパスティーシュ（2011年）で、しかもコナン・ドイル財団（CDE）が〝61篇目の正典〟のお墨付きを与えて書かせたという鳴り物入りの贋作である。

オリジナルのヴィクトリア朝の背景に忠実で、各キャラクターもそれっぽいんだけど、長編で舞台が二転三転するのに集中力が途切れて、僕はあまり面白いと思わなかった。あつかう素材も正典では絶対にあつかわないようなものだし、だからこそあえて現代風ということで取り上げたのかもしれないけれども、ピンと来なかった。まあ、ジューン・トムスン女史の『名うてのカナリア訓練師』なんかもそうだけど、こういうのをやりたくなるんだろうなあ。でも本家がやっていないモチーフを使うと、必然的に違和感が生じるのはどうにもしかたがない気がする。

重要な贋作をざっと見てきたけれど、研究者によればコナン・ドイル生存中に英米で書かれたパロディは450以上あったらしい。その後、全世界で現在（2024年）まで書かれた全部となったら、10000作どころか、いくらになるのか想像もできない。そもそもホームズ物語がイギリスの《ストランド誌》に連載されていたことは、ホームズファンで知らない人はいないと思うが、ではこの情報はどうだろうか。同じ出版元の姉妹誌に《ティット・ビッツ誌》というのがあって、ホームズが滝から落ちて死ぬという『最後の事件』がまだ《ストランド誌》に掲載されてないうちに、すでにこちらでパロディを掲載していたというのだ。

というのも、なんでも1891年にホームズが《ストランド誌》で大衆の人気をつかむや否や、出版者ジョージ・ニューンズがそれッとばかり《ティット・ビッツ誌》で読者からの質問コーナー、クイズなどによる懸賞、ホームズ・パスティーシュのコンテストという読者参加型の三つの戦略を立て、相互販売促進を狙ったからだという（ストランド誌には読者との交流の場が設けられてなかった）。なんのことはない、最初からホームズのパロディ発生は、おおもとの出版社ぐるみで仕組まれていたのだ！　特にホームズ死亡から復活までの不在期間に、パスティーシュ・コンテスト受賞作は賑々しく《ティット・ビッツ誌》上を飾ったという。そりゃみんなパロディを、どんどん書いてもお咎めなしだと思うよなあ。

ちなみに、あまりにも無軌道な贋作／パスティーシュが世に蔓延してしまったために、一定の規則を作ろうという動きも出てきた。ミステリーでいうところの有名な「ノックスの十戒」みたいなもんである。複数の隠された部屋や秘密の通路を使用してはいけないとか、トリックに特別な科学知識を使用してはいけないとか、偶然や直感だけで解決してはいけないとかいう、あれね。

『ホームズ・パスティーシュの十則』に関しては、いろんな人がいろいろ書いてるけど、共通項としては「ホームズに恋愛させせない」「ワトスンとの関係に同性愛を持ちこまない」「舞台はヴィクトリア朝のイギリス」「正典の時代の言葉遣いと文章」「実在の有名人を登場させせない」あたりかな。まあ単なる提唱なので、これを守っていなければ正式なパスティーシュと認定しない、というものでもないようだ。

こういう歴史を経て、いまや星の数ほどあるシャーロック・ホームズ・パスティーシュであるが、本格的な贋作／パスティーシュを語るとなると、なにをさておいても、いわゆる【語られざる事件】に触れなければなるまい。一体それは何ぞやという話だが、つまり正典のなかで、題名だけが示されて中身のわからない事件のことである。【語られざる事件】は数え方が難しいが、おおむね100前後、あるいはそれ以上を唱える研究者もいる。単純に事件名だけが知らされる場合もあるし、あるいはひとこと説明がつく場合もある。〈いまわしい赤蛭と銀行家クロスビーの惨死事件〉〈悪名高きカナリア調教師ウィルソンの逮捕〉〈蟹足リコレッティと憎むべき妻の事件〉などなど。題名を見るだけでゾクゾクするよね？　もちろん本作の『アバーネティ家のパセリ』も、この【語られざる事件】の範疇に入る。

パスティーシュ自体の数が膨大なのは説明したとおりだが、【語られざる事件】が、読者の好奇心をあまりにくすぐるものだから、贋作を書いてやろうと意気込む作家たちが、いまも後を絶たないのだ。過去にわれもわれもとこぞって挑戦した結果、おびただしい数の【語られざる事件】が世にあふれてしまった。

もちろん正典の作品数60篇はとっくに超えているし、有名なもの――例えば、ホームズが死者の時計のネジを巻いてみて被害者が寝床に入ってからまだ二時間以上経過していないことを推理して事件の解決の重大な手がかりをつかんだという〈カンバウェル区の毒殺事件〉や、傘を取りに家に戻ったきり忽然と姿を消した〈ジェームズ・フィリモア氏の事件〉や、現在の科学では知られてない驚くべき虫が一匹入ったマッチ箱を前に発狂していた〈決闘好きのジャーナリスト、イザドラ・ペルサーノの事件〉――このあたりは腕に覚えの作家たちが勇んでパスティーシュに仕立てたので同一の【語られざる事件】で複数ヴァージョンが存在する結果になった。

おそらく世の表面に出て来ていない【語られざる事件】は無数にあると想像できる。シャーロキアンたちが、しがんでしがんで、こすってこすって、こすり倒したネタなのである。チューインガムならもう味もしないのは無論のこと、すでに伸縮性も失って膨らみもしないという惨状（！）を呈しているのだ。

僕はパスティーシュは数あれど、この『アバーネティ家のパセリ』だけは、非常に難物なので、絶対に誰も手を出していないだろうと信じていた。暑い日にパセリがバターの中へ沈んだその深さのおかげで、初めて恐ろしい事件に気づくなんて、一体全体どういう状況？　どういう世界線でそんなことが起こりうる？　普通に考えて、ここから逆算して謎を作って、ストーリーを組み立てるなんていうことは、ほぼ不可能だろ？

——よし、なら僕がやってみよう。

そう思ったので、挑戦することにして本作を完成させたのだけれど、やはり世界は広い。てっきり誰もやっていないと思い込んでいたが、この本編を書き上げた後、【語られざる事件】パスティーシュの絨毯爆撃という壮大な企てを敢行してることでお馴染みのジューン・トムスン女史が、この聖地も逃さず空爆していることを知った。

それはトムスン女史の《シャーロック・ホームズのドキュメント》という短編集の『ウィンブルドンの惨劇』という作品で、題名こそ直接ふれてはいないが、じつは内容はアバーネティ家のパセリのことがあつかわれているという。なので大変興味深く読んでみたところ、たしかにバターに埋もれたパセリが出てきたけれど、そこからホームズが事件に気づいて謎を解くという設定ではなかった。『六つのナポレオン胸像』でホームズが語る「アバーネティ家の恐ろしい事件にぼくがはじめて気がついたのは、暑い日にパセリがバターの中へ沈んだその深さのおかげだったのだ」との言葉に正確に沿っているわけではないのだ。やはり正面切ってこの難題に向きあうのは、どれほどの手練れの物書きをもってしても、至難の業だということの証拠だろう。

さて、ここで、熱心なホームズ・シリーズの読者なら、あるひとつの疑問にぶち当たるはずである。そう。果たして、こういう【語られざる事件】を正典の中に並べ立てたドイルの頭の中には、これら事件のプロットが、おぼろげながらにでも在ったのだろうか？　こんなにも後世の作家たちが真摯に受け止め、果敢に挑戦している【語られざる事件】だが、コナン・ドイルは自伝のなかで、衝撃の告白をしている。

「読者に何となく大きな意味ありげな印象を与える効果は、ほかの事件をむぞうさにほのめかすことによっても得られる。いかに多くの題名を私は気まぐれにまき散らしたことか！　またいかに多数の読者から『リゴレットとその忌まわしき妻』（注・こんな作品はないし、どの作のなかでも言及していない）だの『疲労せる船長』（注・作品はないけれど『海軍条約文書事件』で言及している）だの『ウファの島におけるパタスン一家の妙な経験』（注・これも作品はなく、どこでも言及していない）などについて、どれだけ好奇心を満足させたい手紙をもらったことか！」

気まぐれにまき散らしたことか、じゃねーよ、の大合唱が聞こえてきそうである。せめてここでも正典に出てくる、ちゃんとした【語られざる事件】名と合致していてほしかった……。シリーズ執筆当時も適当なら、時を経て自伝を書くころには記憶も薄れ、調べ直すつもりもさらになく、どんどんいい加減になっている。もうガックリきますな。

ドイルがホームズ物語にほんとうに愛着のないことは、自伝の端々にあらわれている事実だが、いちおうは「いろんな意味で私にはよき友であったホームズを、ありがたく思わないわけではない」との言葉もある。しかしこれだって、かなりビミョーな言い回しであることは否めないだろう。

前にも書いたが、そもそもドイル自身は歴史作家で大成したいという野心を持っていて、立派な歴史小説を書くには綿密な取材が不可欠であり、下調べに費やせるたっぷりとした時間が必要だという頑なな信念を持っていた。なのでホームズ連載で時間をつぶされるのは本意ではなかったし、ホームズが下手に爆発的人気を獲得してしまったため、探偵小説という一ジャンルのキワモノ作家というレッテルを貼られてしまうのではないかという不安もあったようだ。

ドイルの「こんなもの（ホームズ物語）を書いていたら文学者として駄目になる」という強迫観念にも近い思いこみは相当に強く、ホームズものをあまり書きたくないという決意は非常に固かった。超人気のシリーズを強引に終わらせるために、途中で一度ホームズを滝つぼに落下させ、殺してしまった話は有名だ。最初の短編六話の段階（『唇のねじれた男』あたりかな）で、すでにホームズ連載をやめようと考え、後半六編の料金交渉はそれまでの一作およそ35ポンドから50ポンドと値段をググッと吊り上げたのだが、売れ行き絶好調だった《ストランド誌》はまったくひるむことなく二つ返事でその申し出を受けた。そこでドイルは《シャーロック・ホームズの冒険》の最後十二話でホームズが死んでしまえば、もう続編を書けなどと言えなくなるだろうと短絡的に考えて、具体的な殺害計画を練ったのである。ある日息子アーサー・コナン・ドイルから手紙で「ホームズを殺そうと思ってる」と犯行予告を打ち明けられた母メアリ・ドイルはびっくり仰天。必死で思いとどまるよう説得し、第十二話『ぶなの木立ち』のプロットまで授けた話はよく知られている。

しかしそれでもドイルの意志はなかなか固く、《コナン・ドイル書簡集》のなかで母親に出した手紙に「休暇のあいだにシャーロック・ホームズの最後の物語『ぶなの木立ち』を書き終えましたが、この作品ではお母さんのアイデアも使わせてもらいました。これでシャーロックともお別れです。でもお母さんの命乞いのおかげで、彼はまだ生きています」と、まるで首の皮一枚状態のように報告している。実際のところ、ホームズはこの後もモリアーティどころじゃない強敵ドイルに、ずっと命を狙われ続けるのであった。そのドイルはこんな言葉も残しているが、どんなものかなあ。「もし私がシャーロック・ホームズを殺さなかったら、きっと彼が私を殺していただろう」

ドイルの殺意にさらされながらも、ホームズは《シャーロック・ホームズの回想》まで、とりあえず生き延びた。《シャーロック・ホームズの冒険》の12篇を書いて終わりにしたかったドイルは《ストランド誌》から新たにホームズもの十二本を依頼されたとき、1000ポンドを要求した。さすがにこの破格の金額で相手は腰を抜かし、ご破算になるだろうと考えたのである。ところが、あにはからんや《ストランド誌》はこの申し出を丸呑みしたのだった。

そんなこんなで連載は続いたが、ドイル以外みんなが褒めたたえるホームズ物語を、ひとり作者のみは認めようとせず、殺害計画は続く。そして本当に《シャーロック・ホームズの回想》の最終話『最後の事件』でホームズを〝犯罪のナポレオン〟モリアーティ教授と相討ちというかたちで、スイスはライヘンバッハの滝の深い谷底へ落としてしまうのである。このときのドイルのノートには、無感情に「ホームズを殺してやった」と簡単に記されているだけだという。このあと当然ながら、ドイルはどえらい世間からの非難の矢面に立たされることになった。こんなふうに書いている。

「私がホームズを簡単に死刑にしてしまったことに対して、あらゆる方面から抗議をされたことによって、彼の知己がいかに多く、いかに無数にあるかということが私にはわかった。『この人でなし』というのは、ある一婦人から私に送られた抗議文の書き出しだ。泣いた人がたくさんあるということも聞いた」

しかしドイルの決意はゆるがない。やっと八年後（1901年～）に名作『バスカーヴィル家の犬』を書いたが、それはフレッチャー・ロビンスンという《デイリー・エクスプレス紙》の記者から、ダートムアの不気味な伝承を聞いたときに、それをヒントにしたホラー風味の小説の主人公にはシャーロック・ホームズがふさわしいだろうと、単純に思ったからだ。この時点で生き返らせる意志のなかったことは、この物語はホームズが滝に落ちる前の事件という設定にしていることでもわかる。

このホームズの空白の期間に《ストランド誌》および《ティット・ビッツ誌》は前述のごとく様々な企画を行って、鉦や太鼓でホームズ人気を維持すべく煽っていたのだが、ドイルは別件で編集長グリーンハウ・スミスに連絡するときなど「気の毒なシャーロック・ホームズの魂が安らかに眠らんことを」などと末尾に書いて茶化していたみたいだ。そしてご存じのとおり、シャーロック・ホームズはやっと1903年になり、『空家事件』で、目出度く復活を遂げるのであった。

頑なにホームズの生還を拒んでいたドイルの心を動かしたのは——僕は本人じゃないので決めつけてしまうのはまことに不謹慎だけれど——金だった。うーん、金ですか？　そうですか？　ミステリーの動機として一番読者を納得させるのは、恋愛でも復讐でもなく、やっぱ金だな。

調べてみると、この時期（1897年）にドイルは家を新築している。アンダーショー屋敷という名の豪華な邸宅だ。家族も増え、そのため財政危機に陥っていたドイルを速やかに救えるのは、世界広しといえどもたったひとりしか存在しないのだ。ワトスン君、それが誰だかわかるよね？

この間、ドイルは文学的にもいろいろチャレンジしているけど、経済的にはジリ貧だったらしい。まだホームズを生き返らせる決意をする前だと思うが、《コナン・ドイル書簡集》のなかで、母親に「シャーロック・ホームズを戯曲にすることを本気で考えています」と書き送っている。「彼は切り札です」との言葉もある。金銭的にはホームズが唯一の頼みの綱なのは、さすがのドイルも自覚があったようだ。「私は新しい空想の世界を開拓する機会ばかりをねらっていた。だが高収入への誘惑がホームズへの関心を断ちがたいものにした」と自伝でも自白してるぞ。舞台化は二転三転して、ドイルの目論見どおりにはならなかったが、後年実現する。

結局二十世紀になり、従来の短編連載形式でホームズを蘇らせようとドイルが考えたのは、ホームズ・シリーズ全六話の権利に6000ポンド払うと言ってきた出版社があったからだ。報酬が桁違いだったということもあるが、もしかしたらドイルが受けたのはお金だけの問題ではなくて、申し出てきた相手がアメリカの出版社だったからかもしれない。

かなり自信のあったホームズ物語の第一作目『緋色の研究』は、イギリスの出版社の間をさ迷った挙句、やっとワード・ロック社に全権利を25ポンドで買い叩かれて出版されたが、続編の依頼は英国中どこからもさっぱり音沙汰なかった。そのまま息の根が止まるはずだったシャーロック・ホームズを救ったのが、アメリカの出版社《リピンコッツ誌》で、続編を書いてくれと頼まれて書いたのが二作目『四つの署名』なのだ。意外と律儀なドイルは、ホームズものに関してだけは、アメリカに恩義を感じていたのかもしれない。

ホームズの死を直接描写しなかったことについては、当時からいろいろと言われていたようだ。偉大な名探偵の死にざまを露骨に記すのは忍びなかったのだという擁護派(?)もいれば、「ホームズを間違いなくばっさり殺した、生き返らせる見込みはまったくない、とドイルは繰り返し断言したが、遺体が滝つぼで見つからないっていう意味を彼はよくわかっていたはずだ」という懐疑派というか確信犯派も多くいたらしい。シリーズを本当に打ち切りにする気だったら、ホームズじゃなくワトスンを谷底に落としただろうという穿った意見を語る者もいる。むむっ、するどい!

この件についての僕の見解は、ドイルは別にどっちでもよかったんだろうという気がするな。たぶんそこまでホームズに興味がなかったと思う。もし仮に死の場面や遺体が描写されていたとしても、必要とあれば『バスカーヴィル家の犬』方式で、「べつに過去の時代の事件ということにしたらホームズを主役に使えるし」と安易に考えていたのではあるまいか。死のシーンを露骨に描かなかったのは、美意識というよりたまたまそうなっただけという気がする(もちろん、このことがあとで重大な意味を持ち、ホームズは華麗に復活するのであるが）。とにかくドイルは一刻も早くホームズと手を切りたい一心だったように思う。形なんかはどうでもよかったのだ。

こんなふうに考えてくると、我々ファンからするとなにより尊いはずのシャーロック・ホームズ物語というのは、ドイルの思いつきによって、じつに行き当たりばったりに書かれた代物だということが見えてくる。もし誰かが本格パスティーシュを書こうとして、ホームズに妹がいたと創作の上で仮定したとしよう。真摯で敬虔なシャーロキアンであればあるほど、恐れ多くてそのようなことはできないに違いない。だがホームズ譚に文筆生命を賭ける気なんかさらさらなかったドイルは、予想もしなかった強力キャラクター——兄のマイクロフトやロンドンの犯罪界を牛耳っているモリアーティ教授だの——をじつに唐突に《シャーロック・ホームズの回想》終盤にどかどか登場させている。そのあと本人のホームズまで殺す気でいるのに！

創造主だからできるのである。生みの親でない我々には到底そんな勇気はない。せいぜい正典のエピソードの枠内で、おっかなびっくり、よく知られた設定をいじくるのが関の山だ。新キャラなんか出したら、インチキ臭く、安っぽく見られるんじゃないか、との怯えが絶対に先に来るに決まってる。

もしかすると、ドイルは今でいうラノベ〔ライトノベル〕を書いている感覚だったかもしれないよね。真面目な読み物とは皆目思ってなかったからこそできた。そんな気配がありありとする。「私のより高級な仕事をとかく汚しがちなホームズというものを書かなかったなら、文学における私の立場はもっと支配的であったであろう」てなことも言ってますぜ、旦那。

しかしながら、と思う。これは後世の熱心なパロディ／パスティーシュ作家にとって、とてつもない幸せだったかもしれないね。ドイルがホームズに思い入れや変なこだわりが一切なかったからこそ、逆にあれだけ自由なホームズ・ワールドが世界中に天衣無縫に広がっていったのではあるまいか？　もしドイルが息子アドリアン以上にホームズに執着を持っていたら、どうだろう？　いまのパロディやパスティーシュがこれほど盛んでないことは明らかだ。コナン・ドイルのシャーロック・ホームズに対する愛情の希薄さは、ひとりのホームズファンとして非常に複雑ではあるけれども、幸運であったかもしれないと率直に思う。

ドイルは前ですこし触れたようにホームズものを戯曲化する計画を立て、失敗している。そのせいかどうか、今度は1904年にアメリカから名優ウィリアム・ジレット主演で舞台化されることが決まったとき、物凄く気前のいいところを見せた。ジレットはドイルの脚本を書き換えるにあたってアメリカから問い合わせの電報を打ち、「劇のなかでホームズを結婚させていいか？」と質問したのだが、このときのドイルの返信がのちのちまで物議をかもすことになる。

「結婚させようが、殺そうが、好きにされたし」

うわーあ、やっちまったな！　これはメチャクチャ有名な話だ。このことは後世までずっと祟るのだ。つまり、やりたい放題のパロディを書く連中に、ドイル家が苦情を申し入れても、「コナン・ドイル本人が言ってるんだから、いいじゃん♪」という免罪符を与えてしまったのだ。相変わらずアメリカ絡みだと寛大なドイルの面目躍如といったところか。ちなみにこの舞台は大成功する。

またドイルはホームズ物語についてこんなことも言っている。

「シャーロック・ホームズ物語の仕事の困難さは、どの話にも長編にも通用しそうな明快で独創的な構想を要するところにあった。そんなにすらすら次から次へと出てくるものではない。とかく貧弱になり、足並の乱れがちなものだ」

これはたしかに打ち切りの一面の真理なのだろう。ドイルは《シャーロック・ホームズの冒険》のときも《シャーロック・ホームズの回想》のときも、《ストランド誌》に月一ペースで連載している。驚異の執筆スピードだ。文章力や描写力の問題で悩んだ形跡は一切ない。初期のころなど母親への手紙で「ホームズ譚を二週間で四本を書き上げた」と自慢もしている。それでも常に高い期待値を求められるプレッシャーは相当なものだったのだろう。目新しい奇抜な謎を捻出するのに苦しんだことは想像に難くない。使いまわしも目立ってくる。『赤髪トリック』は合計三本もある。

では、後追いの我々が本格パスティーシュを書く苦労を書こう。コナン・ドイルの筆致に寄せるのは、じつに至難の業だ。パロディやそれっぽい偽作程度だと、主人公をホームズとワトスンの名前にしておけば何とかなる。しかし、それに飽き足らず、本家に見まがうものを作ろうとすると、地獄が待っている。それこそ原典を、微に入り細を穿って研究し、何冊も出版をものにしてきたプロ作家たちが必死で真似ても「なにか」

「どこか」似ていないのだ。たしかに《シャーロック・ホームズの事件簿》になら収録されてるかもなあ、という作品はたまにある。しかしこの最後の短編集は、すこぶる評判が悪い。コナン・ドイルじゃなく誰か偽者が書いたんじゃないかという意地悪な説を唱える研究者すらいる。それくらい全盛期の傑作と比べると最晩年のこの短編集は見劣りするのだ。でも、みんなこれくらいまでしか寄せられてないよなあ。

よくドイルのホームズ譚にはトリックがないと指摘される。トリックの宝庫、チェスタトンのブラウン神父と比較すると、その差は歴然だ。だからドイルが言う『明快で独創的な構想』はトリックのことではなく、物語の筋のことだろうな。しかし、どぎついトリックはホームズ物語にそぐわないにしても、プロットなら、腕利きの作家たちは遜色のないものを用意できるはずだ。本格パスティーシュを書いてやろうと企てる各作家は、それくらいの力量は十分持ち合わせているだろう。

ただし僕も実際に贋作を書いてみてわかったが、パスティーシュを書くみんなが《私のホームズ》に逃げるのはよくわかる。《ドイルのホームズ》を書くのはとても難しいからだ。ドイルはじつに器用に巧みに物語る。例えば、赤髪連盟のようなプロットを思いついたとして、ドイルのように生彩をつけて書けるかどうかだ。ドイルは天性のストーリーテラーと言われて、おおげさに書くこともうまい。初期の名作ほどの完成度を求めるなら、あくまで自分を押し殺し、コナン・ドイルが書いたというていの文章に徹しなければならない。これが苦しい。

また独創的な謎を思いついたとして、これをあくまで本格パスティーシュで使わねばならないか？　という自問が湧いてくると思う。変則パスティーシュにしてしまって、場所や時代の設定を変えた方が、自分なりの独創性がアピールできるのではあるまいか？　もっと言うなら、主人公もホームズとワトスンから自分のオリジナルキャラクターに変更し、全然ホームズと関係ない小説にしてしまうのはどうか？　二次創作の引け目も感じずに、自分という作家にもっと脚光が当たり、評価されるのではないか？　そんな思惑から、相当数の出来の良い本格パスティーシュ候補が途中で路線変更され、全然別の姿になって消えていったのではないかという気がする。真の愛情がなければ【コナン・ドイル風シャーロック・ホームズ本格パスティーシュ】など書けたものではないのだ。

最後に僕の『アバーネティ家のパセリ』について簡単に解説しておこう。何度も書いているようにタイトルは、第三短編集《シャーロック・ホームズの生還》におさめられている『六つのナポレオン胸像』でホームズが〝些細なことが何より大事〟の例として語る「アバーネティ家の恐ろしい事件にぼくがはじめて気がついたのは、暑い日にパセリがバターへ沈んだその深さのおかげだったのだ」との言葉に由来している。これがいわゆる【語られざる事件】であることは、これまでに説明したとおり。

しょっぱなに出てくるレストレイド警部とはロンドン警視庁（スコットランド・ヤード）の刑事で、ホームズ・シリーズの準レギュラー。正典六十作中、栄えあるデビュー作『緋色の研究』も含む堂々の計十四作に登場する。ちなみにロンドン警視庁をなぜスコットランド・ヤードというかというと、元の本部が置かれた場所が昔スコットランド王がロンドンを訪問した際に滞在した宮殿の跡地に建てられたことから（1884年テロに遭い、元の建物は爆発で吹っ飛び、移転した）。

警察関係でいうと、同じくデビュー作に登場したトバヤス・グレグスン警部が有名だが計四作、そして後半伸してくるスタンリー・ホプキンズ刑事も計四作と追随を許さない。ほかにもピーター・アセルニー・ジョーンズ警部やアレック・マクドナルド警部やブラッドストリート警部など印象深い刑事が出てくるが、せいぜいで二、三作である。

レストレイド警部とグレグスン警部はホームズに「警視庁でもちゃきちゃきの腕利き。掃き溜めの中の鶴のような存在」と評されている。ではなぜ、ぶっちぎりの登場回数を誇るレストレイドのファーストネームがイニシャルだけで〝G・レストレイド〟とつまびらかにされていないのか、おかしいではないかとの声がある。いつものドイルの手抜きか、と言う者もいるが、それはポーのデュパンもので事件を依頼にくるパリの警視総監〝G〟に、あやかっているのではないか、という説を唱えている人がいて、僕もそれに賛成だ。あえての〝G〟のみなのだ。楽屋オチというか、ドイルなりのポーへの敬意なのだと思う。洒落てるね。

この事件に先立つ『悪魔の足』事件とは《シャーロック・ホームズ最後の挨拶》に書かれた短編で、このなかでワトスンが「さしもの鉄のようなホームズの体躯が、衰弱の徴候をしめしはじめたのは1897年春のことだった」と語っており、ハーレイ街のムア・エイガ博士から「体がすっかり参ってしまいたくなければ、すべての事件を放り出し、完全に休養をとらなければならない」と警告を受けたということが、本作の背景となっている。

しぶしぶホームズはワトスンと共にコーンウォル半島へ療養に出向くのだが、そこで奇怪な事件に遭遇するというのは、正典で書かれた事実に基づいている。当時のロンドンの新聞には、この事件は『コーンウォルの戦慄』の名前で話題になったということと、ホームズがこの事件についてワトスンに箝口令を敷いていたということも、正典のまま。そして『悪魔の足』事件発生はホームズには歓迎するべきことで、ワトスンには迷惑なことだったと、これも正典にはっきりと書いてあるが、それを機にホームズがコーンウォルでの療養を切り上げ、ロンドンに戻り、またすぐ捜査に明け暮れし始めたというのは、僕の創作である。とはいえ、普通にありそうだし、おそらくホームズの性格なら、そうだったんじゃないかな。したがって本作の事件発生日時は、本文にあるように1897年7月中旬と設定している。

結果的に『悪魔の足』事件というアクシデントによって転地保養が不十分なままに中断され、疲労の蓄積の抜けていないホームズが、重度の健康障害を起こしているのではないかとワトスンが心配しているというのがサイドストーリー。過労のあげくホームズは知能と精神に異常をきたし始めているのではないかとワトスンは疑っているのだが、果たして――というところで興味を引く趣向だ。

文体は創元推理文庫の阿部知二訳のホームズ・シリーズを踏襲した。古風な語り口が好きなんでね。赤髪の「びっくりしましたな。いやうれしかったですな。万事きのうの話のとおりです」とかナポレオンの「この写真を知ってるかって？　いや、知りません。いや、これは知ってます。こりゃ、ベッポだ！」とか、じつにセリフが生き生きしてる。なお漢字とひらがな表記の混ざり具合も、基本的には阿部知二訳の息づかいを尊重してある。

ただ、本作ではそうしたが、他の翻訳が嫌いというわけでは決してない。延原謙訳の三人ガリデブでのワトスンが犯人に撃たれたときのホームズの名セリフ「ワトスン君、やられたのじゃなかろうね？　後生だから、そんなことはないといってくれ」なんかは大好きだし、最近では深町眞理子訳や日暮雅通訳なども手に入るので読んでみたが、それぞれに味があってとても素晴らしい。シャーロック・ホームズ物語という英語で書かれた素晴らしい素材を、腕利きシェフがそれぞれ自慢の味付けで提供してくれる。これは日本に生まれたホームズファンの特権だろう。

この『アバーネティ家のパセリ』一作で、コナン・ドイル風シャーロック・ホームズの本格パスティーシュは終わりにするつもりだったが、インターネットのアマゾン電子書籍配信サービス《Amazon Kindle》（キンドル・ストア）で続きをいくつか書く予定にしている。著者名【Ａｈ】か【電子アーサードイル出版】、もしくは以下の作品名で探してみてほしい。

２０２４年１０月現在『未来透視科学会』のみが既刊で読んでいただける状態だ。ほかのタイトルを羅列すると『公衆浴場の溺死体』『マーゲイトの女』『アルミニウムの松葉杖』『蟹足リコレッティと憎むべき妻』『食虫植物の育つ家』『大通りの暗殺者』などだ。【語られざる事件】と完全オリジナルの【知られざる事件】が入り混じっているが、それらが引き続いて出てこなかったら、どこかで計画は頓挫したと思っていただきたい（笑）。そしてＸ（旧Twitter）でも「@Ah_Sherlock」のアカウントで『シャーロックホームズの活躍』のタイトルにて、ホームズ関連をつぶやいているので覗いてみてほしい。

なお、もうひとつ付け加えておくと、僕は熱狂的なシャーロキアンであり、同時に筋金入りのビートルマニアでもある。ビートルズも公式録音曲をすべて聴きつくしてしまったので、架空の3枚目のアルバム【Return The Beatles】をでっちあげてしまった。現在そのうちの収録曲《Why Do You Make Me Cry?》などを、インスタグラム【Instagram】の「ahbeatmusic」のアカウントで6曲公開している。作詞・作曲・歌・コーラス・演奏を全部自分でやっていて、アニメ動画と共に6曲とも聴けるので、ご興味のある方は是非ご訪問ください。

最後に、日本でも著名なシャーロキアンであり、「ヒラヤマ探偵文庫」を主宰されている平山雄一氏には、コナン・ドイル風シャーロック・ホームズの本格パスティーシュを書くにあたり、ヴィクトリア朝の時代考証を含め、いつも貴重なアドバイスを賜っております。この場を借りて、心より深く感謝の意を申し上げます。

〈あとがきの主な参考文献〉

《わが思い出と冒険―コナン・ドイル自伝》アーサー・コナン・ドイル著　新潮社
《コナン・ドイル書簡集》ダニエル・スタシャワー、ジョン・レレンバーグ&チャールズ・フォーリー編　東洋書林
《続・幻影城》江戸川乱歩著　講談社
《シャーロック・ホームズ・バイブル―永遠の名探偵をめぐる170年の物語》日暮雅通著　早川書房

〈著者紹介〉
Ah
会社経営者。事業の一環として実用書を中心に、複数の有名大手出版社より二十数点の出版物を刊行。

創作活動では以下の分野で活動：

【小説】
・ペンネーム「Ah」として、コナンドイル風の本格パスティーシュを執筆
・熱心なシャーロキアンとして、推理小説を Amazon Kindle 出版で発表中
・作品は以下のキーワードで検索可能：
 - 作者名「Ah」
 -「電子アーサードイル出版」
 -「シャーロックホームズ本格パスティーシュ」

【SNS】
・X（旧 Twitter）：@Ah_Sherlock
「シャーロックホームズの活躍」というタイトルでホームズ関連トピックを発信

【音楽】
・優秀なクリエーターとしてオリジナル曲多数
・TikTok 認定アーティスト：@ahbeatmusic
・Instagram：ahbeatmusic
 - The Beatles の熱狂的ファンであるビートルマニア
 - ビートルズの架空の3枚目アルバムの形で贋オリジナル楽曲を制作
 - 作詞・作曲・歌・コーラス・演奏を全て自身で担当
 - アニメーション動画付きで現在6曲を公開中

アバーネティ家《け》のパセリ
シャーロック・ホームズ～語《かた》られざる事件《じけん》～

2024年12月20日　第1刷発行

著　者　　Ah
発行人　　久保田貴幸

発行元　　株式会社 幻冬舎メディアコンサルティング
〒151-0051　東京都渋谷区千駄ヶ谷4-9-7
電話　03-5411-6440（編集）

発売元　　株式会社 幻冬舎
〒151-0051　東京都渋谷区千駄ヶ谷4-9-7
電話　03-5411-6222（営業）

印刷・製本　中央精版印刷株式会社
装　丁　　弓田和則

検印廃止

Printed in Japan
ISBN 978-4-344-94954-6 C0093
幻冬舎メディアコンサルティングＨＰ
https://www.gentosha-mc.com/